U0737167

人临道間

林清平 著

合肥工业大学出版社

图书在版编目(CIP)数据

路过人间/林清平著.--合肥:合肥工业大学出版社，2025.

ISBN 978-7-5650-7259-8

Ⅰ.I267

中国国家版本馆 CIP 数据核字第 20251P0U97 号

路 过 人 间
LUGUO RENJIAN

林清平　著

责任编辑	疏利民（24小时咨询热线13855170860）	
出　版	合肥工业大学出版社	
地　址	（230009）合肥市屯溪路193号	
网　址	press.hfut.edu.cn	
电　话	理工图书出版中心：0551-62903018	
	营销与储运管理中心：0551-62903198	
开　本	880毫米×1230毫米　1/32	
印　张	8.375	
字　数	158千字	
版　次	2025年7月第1版	
印　次	2025年7月第1次印刷	
印　刷	安徽联众印刷有限公司	
发　行	全国新华书店	
书　号	ISBN 978-7-5650-7259-8	
定　价	48.00元	

如果有影响阅读的印装质量问题，请与出版社营销与储运管理中心联系调换。

推荐序

旅行不息，修行不止 | 沈喜阳

　　年少时初读古诗《青青陵上柏》中"人生天地间，忽如远行客"的诗句，幼稚的心灵如被猛刺一剑。无论帝王将相凡夫俗子，所有自以为是世界主人的人，其实都是人世间的匆匆过客，如《红楼梦》所言"荒冢一堆草没了"。后来读鲁迅先生的《过客》，于绝望中又生出一丝不屈的斗志。纵然每个人最终都是过客，但仍要勇敢往前走，也要尽可能留下一丝印迹。年长后的我甚至能够理解那些在旅游景点写下"某某到此一游"的人，他们潜意识之中不过是要留下"路过人间"的印迹而已（当然这种不文明行为不宜模仿）。展读林清平先生的《路过人间》，如同推开一扇尘封之窗，一股清新清醒之气扑面而来。那气息中混合着雨后泥土的芬芳，山间松柏的淡雅，还有人世沧桑的感慨与文化历史的久远。这并非炫技之作，没有华丽的辞藻堆砌，没有生硬的理论阐释，而是用真情实感酿造的人生之酒，散发出生命原汁原味的清香。"路过人间"四字，看似轻描淡写，实则沉甸甸地承载着对生命本质的深刻体悟。正如作者自序所言："人在天地之间行走，就像朝露等待阳光的照耀，又似飞鸟掠过广阔的天空。"这既是对生命短暂和渺小的无奈慨叹，更是对存在价值与意义的执着追寻。我们或许只是宇宙中的微尘，生命不过百年光景，但正是在这短暂的"路过"中，我们品尝人间百味，触摸世间万象，与星辰大海对话，与草木山川共鸣。天地与自然，乡土与众生，心灵与自我，全书这样的结构不仅层次分明，而且层层递进，由外而内，如同一场从物质世界到精神领域的朝圣之旅，展现了作者对天地、自然、社会、人生和自我的多维度思考与感悟。

天地自然是人类赖以生存的源泉，也是心灵赖以休憩的福地。作者与自然的深情对话，使灵魂得以净化与洗礼。作者以细腻的笔触描绘了年轮的密码、雨季的独白、石头的语言、光影的变幻。在作者笔下，每一片树叶都有生命的韵律，每一滴雨水都承载着天地的情思。自然不仅是我们生存的环境，更是最好的老师，它无声地教会我们生命的坚韧与不屈，教会我们敬畏与感恩。我恍如置身于一片古老的森林，聆听着树木在风中的低语，感受着生命的脉动与大自然的神秘力量。《年轮里的晨光密码》将古树的年轮比作时光的刻度，每一圈都是岁月的痕迹，每一道都封存着一个破晓的瞬间。"曙光浸润旧物的时光刻痕，能把三百年前的晨露照回原形。"这样充满诗意的语言，将时间与光影巧妙连接。那些深深浅浅的年轮，宛如生命的脉络，记录着无数个日升月落，无数次四季轮回。每一道光影，都是一段被时光封存的记忆；每一次晨曦，都是生命对永恒的礼赞。"昨日的露水渗进根须，此刻的晨光正唤醒新一轮生长。"这种对时间与生命的独特感悟，如同陈年老酒，愈品愈醇，令人回味无穷。

现代人常说，每个人的故乡都在不可抗拒地消失，不要说走出故乡的游子，就是身在故乡的人们，也都无奈地感受到时代对故园的侵蚀。也许只有笔下的故乡永不褪色。作者与故园的重逢，是情感的回归，是生命之树寻找根系的过程。"父爱如林"比"父爱如山"更深刻，被雷劈断却重新抽枝的老桦树，"断口处冒出的新芽比原先更壮实"。这才是生命面对困厄却可以永远汲取的动力源泉。"我最喜欢吃母亲做的山芋玉米糊"，因为可以从中"吃出一种春暖"。母爱是一种无须言说的关怀，一种融入日常烟火的深情。茅草岗不仅是作者童年的摇篮，也是他人生起航的地方。就连刨山芋也能"刨出人生智慧"。父亲的林荫道、茅草岗的泥土、母亲的山芋玉米糊，以及童年时光里那些细微而珍贵的记忆碎片……这些看似平凡的意象，却承载着浓浓的乡愁与温暖的记忆，如同一盏盏明灯，照亮了我们心灵深处那份对故土的眷恋。我们这些远走他乡的游子，如同在野外搏斗后受伤的野兽，总是把故乡当作疗伤的山洞。我们也像野兽，常常在山洞里舔好伤口，又要再次踏上征程。

　　人生海海，人海茫茫。作者与社会的对话，是对人性百态的细致观察与深入剖析。作者以敏锐的洞察力和广阔的胸怀，审视着社会中的悲欢和人生中的宠辱。其笔下的众生百态，如同一面面镜子，映照出人性的光辉与阴影。"适合的才是你的圈子"——这是一种社交的智慧，也是一种生命的哲学。在纷繁复杂的人际关系中，我们需要学会选择，学会放弃，学会在合适的土壤中生根发芽。"不欠别人不欠自己"——因为欠谁的都要还，欠别人的要还，欠自己的也要还。只有不亏欠，才会心安理得，才会半夜敲门心不惊。"不生气就是智慧"——多么简单而又深刻的道理！正如西哲康德所言：生气是拿别人的错误惩罚自己。控制情绪既是保护自己，也是尊重他人，更是享受生活。

"快乐的能力"——是的，在这个飞速旋转的时代，在这名利纠缠的时代，能找到属于自己的快乐，是一种很大的能力，甚至是一种最根本的能力。只要能忘怀得失，学会做人生的减法，真正超越一己之小我，快乐就又回归到最简单最容易得到的状态。难易之间，倏忽反转，端在于要有一颗慧心一双慧眼。

自然、乡土、社会和众生，毕竟是外在的，每个人最终都将面对自己。如果一个人没有经历过睁大眼睛独自面对自己的失眠之夜，他就还没有真正品味自己的生命。物质的丰富和科技的发达，反而使很多人迷失在功利与浮华之中，忘记了初心，丧失了本我。作者以平和睿智的心态，与内心对话，与灵魂交流，反思人生的终极意义，探寻幸福的真正源泉。许多人赞叹花开的绚烂，但又有多少人能欣赏花谢的静美？多少人在养生的路上豪掷千万金，却不能在养德的路上前进一小步？许多人都知道通往幸福的路非常隐秘，但又有多少人破解后发觉这条路简单得只要倾听自己的心跳与万物同频共振就能轻易获取？许多人都知道在人生的关键时刻要格外争取，可是又有几个人知道人生的每时每刻都是最关键的时刻？许多人都在拼命追求学问，以为学历越高学问越大，可是又有几个人知道学问与智慧并不同步增长？生命中有太多太多的困惑，生命中也有无量无数的省觉。生命是上天赐予我们的最好礼物，成为一个人的存在是宇宙的最大神秘。生命既是一趟旅行，更是一场修行。旅行不息，修行不止。

其实每一个人的"人间"，就是不断地"路过"。今年以来，我的身体一直处在咳嗽、鼻炎、头痛、眼痛、牙痛"七处冒火八处冒烟"的状态中。甚至有天晚上一躺下就"咳"不容缓，只得披衣坐到天亮。虽非大病，也无须住院，但总在吃药，一药未去一药又来，按下葫芦浮起瓢。就在这此伏彼起的病痛中，我一月份从河南到安徽，二月份从安徽到河南，二月底从河南到上海，三月份又从河南到广东，虽非马不停蹄，但却一直在奔波。三月中旬，编辑疏利民兄和作者清平老师分别联系我，力邀或严命我为本书作序。我坚辞不获。我深知师友们不是在乎我之所写，而是在乎我这一份情谊。在漫漫人间之路上，我们这些视文字为第二生命的人，尤其需要相互的撑持和鼓劲。近一个月来，我把《路过人间》当作一帖清凉剂，消散我自己的煎熬。说到底，我们读世界，读社会，读他人，最终读到的都是我们自己。我们所读到的，是借助不同于自己的眼睛重新看见的自己，重新认识的自己。这个新发现新认知的自己，既不是原有的自己，也不是所读的世界、社会和他人，而是一个综合了他人和社会、世界和内心的自己。正是在不断与世界、社会与他人的交融中，我们建构了我们的这一个自己。林清平先生的"路过人间",我们"路过"的这本《路过人间》,还有我们"路过"的其他"人间",就是为了建构这一个与众不同、独一无二的自己。当我们建构出这一个与众不同、独一无二的自己,我们就把上天的馈赠——自己的生命——转化成对于上天的报答。

2025年4月19日中州平西湖畔

作者简介

沈喜阳,安徽池州人,华东师范大学思勉人文高等研究院中国古代文学专业博士,获得博士生国家奖学金和上海市优秀毕业生称号。河南平顶山学院文学院教师,副高职称。在《世界文学》《香港文学》《九州学林》《文化中国》《当代文坛》《俄罗斯研究》《古代文学理论研究》《文化与诗学》《文化研究》《中国文学研究》和《文艺报》《中华读书报》《文汇报》《文学报》《南方周末》《羊城晚报》《安徽日报》《新安晚报》等报刊发表文章多篇;出版著作(含主编)有《两地书父子情》《漫漫考研路》《论王元化》《一位博士生父亲写给本科生儿子的48封信》和《江南文》《唐诗中的名句》等。

自　序

探索与觉醒 | 林清平

　　人在天地之间行走，就像朝露等待阳光的照耀，又似飞鸟掠过广阔的天空。在时光的缝隙中穿梭前行，历经岁月风雨的洗礼，我以笔为杖，用心作灯，将一路的风景与心绪，编织成文字的画卷，铺就《路过人间》的旅程。

　　自幼年开始，我便对这个世界充满疑问：人生的归宿究竟在哪里？生命的真谛该如何探寻？身处这纷繁复杂的尘世，又应以怎样的姿态去拥抱生活呢？成长之路，宛如崎岖的山道，我像行者那样艰难攀登，有晴空万里时的畅快，也有风雨交加时的艰难，一路探寻，一路思索，渴望找到生命的方向。

起初，我仿佛迷失在旷野之中，满心迷茫。生活的琐碎、命运的无常，像层层迷雾，遮蔽了我的双眼，阻挡了前行的道路，让我看不到方向，难以找到出路。往昔的失落与未实现的志向，都像芒刺扎在背上，刺痛我的心，使我心生惶恐与困惑。然而，时光如潺潺流水，缓缓流淌，渐渐洗去尘埃，我才领悟到，这些都是生命的锤炼。

于是，我踏上一场向内探寻的心灵征程，往灵魂深处寻找解惑的钥匙。在一个个晨霞初绽的时刻，于一处处静谧独处的境地，我凝神静思，倾听内心深处的声音，审视自我与世界的交融。我深知，人生就像一场旅行，在喧嚣浮华之中，应坚守内心的净土；在纷扰万象之间，要寻觅灵魂的安宁。我从山川湖海的浩渺、草木荣枯的更迭中领悟到，生命恰似一首悠扬的交响曲，有激昂澎湃，也有低回婉转，这都是自然的馈赠。应以平和之心聆听，跟随生命的韵律悠然起舞。

在思索探寻的过程中，我也收获了心灵的馈赠。漫步于幽静的竹林，看到那翠竹挺拔秀丽，节节高升，即便遭受风雨侵袭，依然坚韧不拔，顿时感受到生命的顽强与不屈。每一片竹叶，都承载着天地的灵气，坚守自然的本性，尽显生命的傲然。我由此领悟到，人活在世间，当如修竹：无论境遇如何，都要坚守操守气节；虚心向上，才能绽放生命的绿意与力量。在一次与贤达的交谈中，听闻智慧之语，如清风拂面，神清气爽。他说人生如诗，要用真情去书写，用汗水去润色，才能成就佳作。我这才明白，面对人生的起起落落，应以豁达超脱之心应对，才能在平仄之间，品出诗意人生。

在持续地思考与感悟中，我对人生的理解渐趋深刻。人生仿若一场精彩的戏剧，每个人都是主角，在舞台上演绎着悲欢离合。我以梦想为脚本，以奋斗为演技，在时光的舞台上诠释生命的意义。要学会在顺境中珍惜当下，在逆境中坚守希望，把磨难化作成长的养分，才能演出人生的精彩大戏。

我也逐渐看透了诸多尘世的本质。对名利的追求，如同梦幻泡影，看似绚烂多彩，实则虚幻不实。过度沉溺其中，只会让心灵迷失本真，陷入无尽的空虚。真正的富足，是内心的充实与满足。正如一方田地，播撒善意的种子，终将收获美好的果实；种下怨恨的荆棘，必将饱受刺痛之苦。所以，应以宽容为犁，爱心为种，才能在这尘世中耕耘出一片繁花似锦的心田。世间万事万物，都因缘而生，缘分相续，如网交织。我们只有心怀敬畏之念，顺应自然之理，才能与万物和谐共生，共享这宇宙的和谐之美。

　　我将这些年记录下来的心灵之旅、所思所悟，精选出一部分凝聚在《路过人间》这本书中。书中文字是我在人间路过时，用灵魂镌刻的生命印记，记录了我的喜怒哀乐、困惑与觉醒。倘若读者翻开此书阅读，能从中找到心灵的共鸣，获得前行的力量，便是我最大的欣慰。

　　　　　　　　　　　　　　　　　　2025年3月18日

目录

辑一　自然觉醒

辑四　社会镜像

辑一
自然觉醒

以《年轮里的晨光密码》为钥，本辑破译草木荣枯中的生命哲学。《雨季的独白》中菌丝在朽木间舒展，《光的七重奏》将雨滴折射成七种心事，《你也是一片新绿》以柳条隐喻灵魂生长。当晨露在《我的石头朋友》身上镌刻永恒，当《在宁静中绽放》的忍冬突破冻土，自然以静默的姿态启示我们：觉醒不是对抗世界，而是与万物共鸣的澄澈。

幽居　于静　画

年轮里的晨光密码

凌晨时分，睫毛轻托破晓的第一缕微光。鸟儿歌唱的节奏，应和着胸腔里的旭日。春分时节将落英压成书签埋入土中，惊蛰的雷声便成了季节寄来的挂号信——原来时间未必只在钟表里流转，更在万物生长的年轮中镌刻永恒。

古树教会我们解读时光的痕迹。抚摸四百岁樟树皲裂的树皮，指腹触到的不只是沧桑，更是晨昏交替刻下的年轮，每圈年轮里都封存着某个破晓的瞬间。暴雨冲刷下，岩缝里的蕨草蜷缩成拳，却在雨歇后舒展成如孔雀开屏的姿势，这让我忽然领悟隐忍的生机。采松针晨露研墨，笔锋在宣纸上游走时，刚柔相生的韵律，仿佛树龄印记里藏着的春雷，惊醒了沉睡的根系。

晨露与年轮在时光的流转中相互印证。赤足走过溪涧时，鹅卵石表面的螺旋纹路令人心惊——水流用百万个黎明雕琢的纹章，何尝不是另一种生命的刻度？水流用千万次日升打磨的纹路，记录着"拙朴即大美"的永恒法则。将茶水余沥洒向墙隙野草，看露珠沿着根系渗入地脉，我忽然懂得，生命的传承恰似天地默数的年轮。

山间首班板车的铜铃声里，浸着与黎明缔约的庄重感——那位二十载如一日寅时起身的油坊主人，捶打油菜籽时总把晨光揉进油香，木榨撞击的韵律是他写给曙光的信笺。见过最早推开柴门的守林人，用露水浸润的布巾擦拭古碑，他说："曙光浸润旧物的时光刻痕，能把三百年前的晨露照回原形。"如同晨光为古树镀金，早起的自律滋养生命的质感；夜思者则从星辉中萃取思想的锋芒。

现代人的年轮常被切割成碎片。灯火通明的夜晚，有人将晨曦熬成陶罐底沉淀的茶渣，任光阴在指缝间流散。却在某次守夜观星时，撞见守林人用竹筒接引岩壁渗出的山泉，竹筒里竟浮现出年轮的倒影——原来石壁森林里，仍有他在续写自然的编年史。自此学会在晨雾弥漫时静坐崖边，看光线为岩层染上鎏金的脉络。

树龄的褶皱中蛰伏着疗愈的隐喻。一位少女用镜头捕捉破晓与黄昏的光影，三年后展出的作品里，螺旋状的光斑竟与古木的沧桑刻痕遥相呼应，恍若时光与心绪的共舞。采药人交班时摩挲老樟树的瘤节，他说树皮褶皱里收着山雾的重量，捏一把就能抖落半篓倦意，重燃跋山涉水的热忱。最难忘山间的晨钟，钟声的节奏与老树的年轮共振，恍若山泉漫过青石鳞隙的私语。

生命的奇迹常在晨昏交界处悄然绽放，接生婆曾见证这样的时刻：当第一声啼哭穿透黎明，茅草窗榥外倏然掠过迁徙的雁影。百岁老人弥留时指尖轻叩床沿，仿佛在数窗外乌桕叶落的次数，最后一枚叶子触地时，她松开了握紧的拳头。这些时刻都在印证：每个凌晨都是天地重刻年轮的契机，而我们都是时光卷轴上的朱砂批注。

此刻站在晨光里，看层叠山峦如大地摊开的掌纹般舒展。岩壁折射的曦色里，凝着先民仰望日出的记忆，也映着后人未见的曙光。永恒或许只是曙光的链环——我们既是见证者，也是传承者，更是破晓时刻的执笔人。年轮里封存着每个凌晨的露珠，昨日的露水渗进根须，此刻的晨光正唤醒新一轮生长。

雨季的独白

春正归去，一路风雨兼程，行囊里都是新芽萌发的色彩，菌丝伸展的音符，孢子弥散的气息。告别不一定非要悲情，雨水中藏着苏醒，这一去虽千里万里，却一定还会回来。春留下的不是荒凉与寂寞，菌褶在朽木间悄然舒展，如同晨雾中伸展的蛛丝。

山林初夏，早晨的雨是落在蕨类卷曲的嫩尖上的，虽然有些湿漉漉，但没有一点泥泞。执一柄伞出门，我在云层编织的天幕下行走，雨滴在伞面弹奏光的旋律，那些水珠犹如青苔托举的银锭，清澈而透亮。山间的夏雨下在日出之前，总有一种特别的质地，仿若液态的晨曦，让蕨类蜷缩的拳头渐次舒展。

山涧的夏雨，和山溪的韵律极为协调，能使人找到季节更迭的走向。云隙漏下的光束像地衣般蔓延，雨帘与雾气相互渗透，生命里一片混沌的澄明。山间的夏雨，容易唤醒沉睡的菌丝，孢子的轨迹编织着循环的密码，腐殖层下无处不是新生的预兆、休眠的蛰伏。菌伞在朽木的皱褶里膨大，菌丝游走，朽木褶皱里蛰伏着天牛的幼虫。

春末夏初，行走在雨雾深处，我的蓑衣难免吸附更多水汽。但你看那雨中的乌桕，丫杈间垂着水线织就的珠帘，每一颗水珠都藏着茅草岗的倒影；岩壁的蛛网缀满水珠，竟成了悬在风中的经纬仪；溪畔的乌桕树被雨水洗出新绿，叶背的纹路像极了腌菜坛沿的盐霜——原来雨季从不曾掩埋生机，它只是将世界的肌理浸润得更加清晰。当雨丝斜斜穿过倒木的孔洞，滴答声里便有了时间的刻度，提醒我们：积水的树洞中，蝌蚪正为变形而积蓄尾鳍的力量。

雨水冲刷着芦苇凹陷的叶鞘，蓼草在石隙间悄然攀缘。不必等待雨季停歇才启程，真正的生命懂得在潮汛中舒展根系。若能在静默中等待温度爬升，那些被晨露浸润的蚌壳，自会在某个午后绽开一道光的裂缝。就像江柳托举的青萍，既能分解淤泥，也可孕育新芽——生命的丰沛从不因环境而褪色，反而在激流中淬炼出更坚韧的形态，犹如菌丝在朽木中编织的循环密码，蛰伏本就是生命的序章。

所以，当雷声再次碾过柳丛时，且看那穿行雨雾的白鹭如何丈量洲渚的曲度，听那雨打荻花的节奏怎样应和茎节拔节的韵律。我们寻找的光照，从来不在云层之外，而在凝视水珠时折射的虹彩里，在踏过浅滩时波纹漾开的震颤中。雨季终将过去，但那些在雨中学会蛰伏的生命，早已把潮汐的密码写进滩涂，静候涨落。

我的石头朋友

深山褶皱处蜿蜒着无名小河，河心匍匐的墨绿卵石裹着苍苔，斑驳的纹路恰似岁月的刺青。春汛时，它如入定老僧隐于碎银般的波光下，我立在岸边，看白浪在石面上撞出细碎的波纹，水波叩击的空灵韵律惊起白鹭掠向对岸的树上。那些被山风揉碎的思绪，总在浪花回旋处重新缀成星图。

秋水瘦成绢带的九月，石头终于袒露浑圆背脊，俨然松下坦腹罗汉。指尖叩击石身的刹那，嗡鸣沿着脊椎直冲天灵，震落枯枝腐叶积攒的尘垢。去年深冬携半坛青梅酒前来，醉眼蒙眬间苔痕竟幻作《溪山行旅图》的渴笔皴擦，方觉这些年被辜负的晨昏，都在石纹褶皱里静静陈酿。

二十多个寒暑更迭，我们的对谈始终未被市声浸染。山洪的咆哮、雷暴的轰鸣，这些天地锻打的噪声触及溪涧便碎作齑粉。石面新添的裂痕如老琴断纹，封印着暴雨捶打的震颤、月光浸润的私语。偶有翠鸟停驻石上晾晒翎羽，振翅时抖落的绒羽，恰似松针坠入深潭泛起的涟漪。

某个雪后初霁的清晨，薄霜在石面上勾画出呼吸的纹路。冰晶沿着苔藓的脉络舒展，呵出的白气与晨雾悄然交融。恍然彻悟这墨绿卵石原是天地间的转译圣手——将暴雨译作启发，月光酿成领悟，替每个造访者封存未及言说的心事。就像那年山洪中，我目睹它于激流里纹丝不动，却在洪峰退去后，将折戟的蝴蝶残翅轻推至岸芷汀兰。

而今我的鬓角已染霜色，石上苔衣却愈发青润如宋瓷开片。

光的七重奏

　　年轮褶皱里封存的光谱，正是未被解码的彩虹诗篇。细雨的痕迹在玻璃窗上蜿蜒时，我总想起三棱镜如何将光拆解成光谱。年轻时，我喜欢在细雨中散步，看水珠如何折射出七种光的诺言；中年后，我喜欢对着隔窗的雨帘观测虹彩形成的角度，因为享受那份光学与诗学交织的宁静。你看那暮春的雨丝，落在岩壁上便成了暗色画布，落在湖面则化作干涉波纹的诗行。细雨还是那年的细雨，而我早已不是那时的三棱镜，不知道应该为此欢悦还是悲怆。

　　当阳光以特定角度轻触雨幕，光线在水珠内部经历两次折射与一次反射。此刻雨滴将阳光拆解成七种心事，红是未寄的情书，紫是欲言又止的叹息。那些执着于等待彩虹的人，往往忽略了每一颗雨滴都是潜在的棱镜，正如我们追逐的奇迹，常常诞生于最平凡的介质。彩虹的形成何尝不是如此？当七色光穿越晨雾的琴弦，红在叶尖酿成蜜，紫于花萼结成痂。

不是所有的棱镜都要将光拆解透彻，正如不是所有雨滴都能成就彩虹。青春年少时莽撞丈量虹弧的瞳孔，中年后用实验室的分光仪解码色散的从容，都是光的礼物。重要的不是雨何时停歇，而是你以怎样的角度站在光路上。风雨之后见彩虹，如果尚未见到彩虹，要么是观测角度偏移了理想位置，要么是雨滴尚未达到合适形态。若心藏光谱解析之力，风雨亦成光的解码场域，犹如智者在暗室中，即使只有一束微光，也能从三棱镜中析出七重宇宙。

少琢磨人，多琢磨光谱；要真慈悲，勿假折射。阳光付出的七种色彩，将会在圆弧上获得守恒的回报；云层索取的雨滴，也将以彩虹的形式返还。物以波长聚散，道不合则不相与映。悦人者悦己，损人者伤德，智慧施予者得大智慧。这些道理如同水滴的球面镜成像，看似虚幻，却在光的几何学中显现真理。那些执着于全光谱的人，往往忽略了单色虹霓的纯粹——就像屋檐下滴水穿石的韵律，需要千年如一日的垂直落点；泥土里种子膨胀的生机，必须精确计算自然的呼吸。

当过往变成回忆，你才发现，其实物理定律与造化之心始终同在。投机取巧者或得一时霓虹，跬步精进者必见完整光谱。即便此刻窗外细雨绵绵，我们依然可以选择让瞳孔成为最精密的摄谱仪。那些未竟的色散实验、未达的焦点距离，且交给时光去求解；那些求而不得的相干光源、挥之不去的衍射斑纹，且托付给岁月去消弭。只要记住：每一滴落下的雨，都在为光的全反射创造界面；每一道坚持的虹，都是水珠与阳光共同画出的完美曲线。

让阳光穿透你的生命棱镜——恰似晨露在蛛网的银丝间编织光谱，每颗水珠都于弧面折射出独属的虹彩。那些悬而未决的诘问与迷途的微光，终将在时光的显影液中沉淀为明晰的答案。你看岩壁上的暗色画布与湖面的波纹诗行，都是光的语言在不同介质上书写的篇章。重要的不是雨是否停歇，而是坚守属于自己的光谱，让每个平凡的水珠都成为折射奇迹的棱镜。

你也是一片新绿

上班路上，经过河岸，被春风缠绕，我的步伐不由自主地缓下来。沿岸的柳树正在抽绿，数不清的叶芽将柳枝装扮得异常热闹。我是属水的，因为春天的柳树。那一年的春天我流浪入世，迎接我的就是江河，以及江河岸边的柳树。我确信，那棵柳树上的某一片新绿就是我。在成长的岁月里，因为这片新绿一路相随，我的人生从不缺少春意。

江南的初春每年照例从柳梢出发，如烟的柳丝最易触动敏感的诗人，于是有"春风又绿江南岸"的绝句。每年的这个时候，这样的诗句就会从心中油然溢出。寻常如我，走在柳树的新绿中，也会浮想联翩，仿佛河面的水波，层层叠叠，没有尽头。这时候，我真的不能确定，自己的灵魂到底附着在哪一片新绿上。身体变得轻盈，我伸开双臂，不知道该拥抱什么，是一河的澄碧，还是早晨的阳光？一岸柳色竟让我如此忘情。

不仅是我，其实你也是一片新绿，不管你知不知道，你也一样有自己的春天。既然如此，谁的生命中没有绿意呢？你看那柳枝上的嫩芽，有的舒展在向阳的高处，有的蜷缩在背阴的角落，可它们都在用同一种绿意回应春风。就像我们穿过人海时，有人站在聚光灯下，有人在暗处默默生长，但灵魂深处都涌动着破土而出的渴望。那些被生活压弯的枝丫，只要还有一片新绿未凋，就依然保持着向天空伸展的姿态。

三个孩童蹲在驳岸边，将柳枝编成的冠冕戴在流浪猫头上，粼粼波光里浮动的倒影，便拓印出春天的形状。当你觉得被寒潮侵袭时，请记住柳树在冰雪消融后抽出的第一片嫩叶；当你困于都市的钢筋丛林时，请想起河岸边千万条垂柳在风中写下的绿色诗行。我们与柳树共享着生命的密码——看似柔弱的枝条能穿越严冬，细小的叶芽终将铺就满目青翠。你低头看掌心的纹路时，是否发现那里也镌刻着柳叶般的印记？

此刻春风又掠过河面，将柳枝的新绿揉碎成粼粼波光。我忽然明白，我们拥抱的何止是晨辉与碧水，更是那个永远在春天苏醒的自己。当柳絮开始飘飞，每片绒毛都在进行生命的迁徙；当我们带着伤痕依然选择生长时，每道愈合的裂痕都会化作年轮里最坚韧的印记。你看那垂入水中的柳条，不正以倒影为镜，将新绿染透整条河流吗？我们凝视生活时，也该让内心的春意漫过所有倒影。

在宁静中绽放

雨歇天晴的早晨，鸟儿们叫得格外欢。冬的味道渐浓，心中的花园芳香弥漫。岁月静好，时光安然，蜗牛在忍冬花下拖出银亮的轨迹。我清澈的心眸，映照旭日朝霞，洞穿前生来世。无喜无悲，没有惶恐和忧惧，一切与我相契，一切又与我无关。窗外，夜雨淅淅沥沥，潮湿了深冬的梦。希望正好发芽，理想就要开花，生命里春光明媚，灵魂里蝶舞蜂飞。我依然不老的思想，穿行在天空大地之间，散发着青春的能量。

是种子，便破土而生；是花朵，便迎风而绽；是阳光，便普照万物。活在芸芸众生之中，除非主动，否则就可能被淹没。朝阳如花，让快乐从早晨开放。人生如花，我们自己不开放，谁也不能让我们盛开。那些蜷缩在墙角的野蔷薇，正是某日倔强地顶开石缝，才让整个巷子浸透了初夏的甜香。

慌不择路，往往会走错路；口不择言，难免会说错话。走错的路可以回来，重新再走；说错的话犹如覆水，想收都难。路不乱走，慢点就慢点，别南辕北辙就好；话不乱说，木讷就木讷点，别祸从口出就行。这道理恰似山间的溪流，看似蜿蜒却自有方向——它从不在碎石前咆哮，只默默将棱角磨成鹅卵石。某个黄昏，见老农在田埂上修补歪斜的篱笆，他手中的麻绳缠绕出岁月的结，我忽然有悟：真正的抵达，往往始于对弯路的包容。

人这辈子就是为吃苦而来，命运投来的碎石，有人垒成台阶，有人磨作齑粉——重要的不是苦的滋味，而是咀嚼时挺直的脊梁。这辈子该吃的苦你吃了，下辈子该有的甜自然就少不了你的。吃苦也是磨砺，默默地坚持，默默地成长，功夫到了，你也就成功了。吃苦之外，就是吃亏，吃掉该吃的亏，你就再也没有什么亏可吃了。就像深秋的柿子，总要经几场寒霜才能褪去涩味，最甜的果肉永远藏在最皱的皮下。

不切实际的期许，带来的多是不可抗拒的失望。活到水的份上，你的生命便云淡风轻了。夜晚，是早晨的前奏，晚安是为了曙光中的前行。那些在路灯下徘徊的飞蛾，它们扑向光明的姿态何其壮烈，却从不质问为何火焰总要灼伤翅膀。而我们只需记得：每滴夜露坠落的声音，都是旭日升起之前的密语。

此刻晨雾散尽，积水的瓦瓮边缘凝着一圈虹彩，犹如母亲嫁妆里褪色的搪瓷碗沿。被雨水打湿的冬青叶片上，蜗牛正绘制银亮的轨迹。这些细微的存在都在印证最初的真理——绽放从不需要掌声。当第一株忍冬冲破冻土，寂静本身便是最隆重的喝彩。岁月静好，不过是懂得在宁静的茧房中，将自己编织成光的模样。

转身遇见幸福

幸福未必在前方，追不到；不妨转个身，或许幸福就藏在背后。芬芳的鸟鸣生动着晨曦，生发着希望。一些鸟儿在歌唱，一些鸟儿正出壳，你看东方的天际，旭日的脚步声响起，朝霞们正在梳妆，为了这一天的新禧。站在冬天的江南，没有一点寒意，内心的阳光晴朗了生命，温煦着灵魂，我以最虔诚的方式接受早晨的善意。微笑着面对早晨，就是快乐地面对初心，既清澈明净，又灿烂热烈。在熹微中醒来，仿佛种子的发芽，犹如生命的蝉蜕。

床头有书，杯中有茶，心有念想。幸福就是一种感觉，感觉很好就是幸福；幸福就是一种姿态，自己感觉舒服的姿态就是幸福。安坐自家的阳台上，品一杯好茶，看一本纸质书，静享阳光与书香。每一天都努力地向上，喜悦地成长，愿将所有的当下过成绝响，过成美好。这样的时刻，连飘落的梧桐叶都成了书页间的天然书签，而茶水里浮沉的叶片，恰似正在舒展的人生褶皱。

你在路上，不代表出发；你出发了，不意味着就是前进；你前进了，或许离目标更远。在路上，不说明你就会走路。就像那些追逐晨曦的人，总以为幸福在日出的地平线上，却不知转身时，霞光正将他们的影子镀成金色。曾在山径遇见挑着担子的老翁，他的箩筐里装满新采的野菊，他将最鲜嫩的一朵别在耳后——原来真正的抵达，是懂得为途中的芬芳驻足。

衣服脏了要洗，常洗的衣服不脏；心灵脏了也要洗，常洗的心灵同样不脏。脏了不要紧，不洗才可怕，脏衣服不洗，久而久之会烂掉；脏心灵不洗，久而久之也会烂掉。衣服越洗越旧，心灵越洗越新。衣服可以换新的，心灵则只能自新。某个梅雨季节，见邻家阿婆在屋檐下擦拭祖传的铜镜，她说："镜子照人，人也要照镜子。"铜绿斑驳的镜面上，映出她将白发梳得一丝不苟的侧影——原来心灵的盥洗，是比容颜更重要的晨课。

此刻晚风掠过晾衣绳，洗净的衬衫在暮色中轻轻摇晃。那些沾染过泥土的衣角，那些浸润过汗水的领口，都在讲述关于洁净的寓言。我们总在追逐崭新的衣裳，却常常忘记最珍贵的衣饰，是灵魂透出的那缕澄明。当夕阳把最后一道金线缝进云层，我深深懂得：所谓转身遇见幸福，不过是给蒙尘的心腾出一方转身的余地，让光照进那些从未示人的褶皱。

辑二

乡土温度

　　《父爱如林》里父亲修剪的枝丫成为
人生隐喻，《吃出一种春暖》中山芋玉米
糊浸润着岁月温情。《从茅草岗出发》的
饥饿记忆与《土地的叙事》中龙沟的消
逝，交织成圩区人特有的生存史诗。《被
一棵树引领》的弯梧桐与《鸟窝的高度》
里的喜鹊巢，承载着《故园三叠》的血
脉密码——乡土不仅是地理坐标，更是灵
魂的脐带。

雲山　壬寅冬月于静

素雪　于静　画

父爱如林

我的父亲喜欢在门前的村路旁栽树，久而久之，村路就成了林荫道。夏天，过路的人常在这里歇歇脚，斑驳的树影里总晃动着蒲扇摇动的弧光；雨天，路过的人偶尔会在这里避避雨，湿漉漉的叶片上滑落下来的水珠，像极了赶路人卸下的叹息。三伏天的夜晚，林荫道成了村里的会客厅。张家阿婆抱着竹席铺在青石板上纳凉，李家汉子蹲着吃黄烟，火星明灭间飘着家长里短。孩童们举着装有萤火虫的玻璃瓶追逐打闹，蝉蜕从树皮跌落，成了他们口袋里的战利品。父亲总在暮色里提着铜壶给石板浇水降温，水痕蜿蜒成暗色的地图，引着穿堂风钻进每个人的裤管。那些年父亲扛着锄头于晨曦中挖坑培土的身影，早已和桦树的年轮融为一体。我沿袭了父亲的习惯，只是将铁锹换作钢笔和键盘，把树苗换成文字，在公共媒体和自媒体上栽种，在书页的土壤里播种。每当看到读者在字里行间驻足沉思，就像看见在父亲的林荫道里歇脚的老乡……

那时候，父亲每年惊蛰前后都要为老家的树修枝。他踩着竹梯攀上树干，银亮的剪刀在曙光中开合，剪落的枝条带着青涩的汁液气息跌落泥土。我问父亲为何执着于修剪，他抹去额角的汗珠说："给小树修枝是扶正它的脊梁，给老树修枝是卸下它的包袱。"剪刀擦过枝丫的脆响里，父亲的话语像种子落进我心底："你看这根枝杈往阴处斜，那簇叶子太贪阳光，修去这些偏执，树才能长得周正。"后来我才知道，这何尝不是人生的隐喻——那些虚妄的欲望、偏激的固执，不正是需要修剪的多余枝蔓？三十多年后，当我删改书稿里浮夸的辞藻，就像看见父亲当年修剪歪斜的枝丫一样。

世人常道父爱如山，我总想追问：若山是金银堆砌，子辈岂不成了掘金终生的矿工？若比作遮风挡雨的靠山，雏鹰的翅膀何时才能触碰云霞？父亲从不用沉重的词汇定义爱。那年我高考落榜，他默默把我带到林荫道尽头，指着那棵曾被雷劈断却重新抽枝的老桦树："你看，断口处冒出的新芽比原先更壮实。"树荫下，小媳妇正给怀里的婴孩喂奶，卖货郎卸下担子擦拭草帽。他们不知道，这片树荫是父亲留给世界的另一双手臂。四十多年来，每当我面对人生断崖，总会想起老桦树疤痕处倔强的新绿。

可我的父亲始终只是父亲，真正的父爱，从来不需要修饰。

后来林荫道上的树亭亭如盖，父亲又开始为它们修剪低处的枝丫。"得给娃娃们留条敞亮道。"他佝偻着腰调整梯子，阳光穿过叶隙在他白发上跳跃。放学归来的孩童骑着竹马从树下掠过，父亲慌忙扶住被撞歪的梯子，却对着他们狂奔的背影笑出皱纹。次日，枝丫间便多了几个用草茎编的蝈蝈笼，像是对莽撞的致歉。我突然明白，父爱原是动态生长的森林：年轻时栽下的树苗，经年后化作庇荫他人的绿廊；曾经修剪枝条的苛刻，沉淀成让生命自在舒展的智慧。那些被剪落的枝丫在岁月里腐化成泥，滋养出更遒劲的年轮——就像父亲悄悄藏起的病痛，最终都化作子女脚下的沃土。

那年清明回乡，看见移植的紫藤顺着父亲搭建的廊架攀缘。七十岁的老人得意地展示创新："让过路人在花荫下歇脚，不比光秃秃的树影美？"后来紫藤架下摆起了剃头摊子和豆腐挑子，外乡人问路时，村民总说"走到香透半个村庄的紫藤底下便是"。父爱从来不是凝固的雕塑，而是生生不息的林海，每片新叶都承接着阳光雨露，每圈年轮都镌刻着守望的目光。当我的文字在某个疲惫的午后予人以慰藉，那便是父亲栽下的树，穿过时光，在另一片心田投下清凉。

如今父亲的名字已化作林荫道上的一缕记忆，每个途经此处的旅人，都在树影婆娑中读懂了无声的父爱——它从不为某一人遮风，却为所有人撑伞。那些深埋在地底的根脉正在泥土中握手，新抽的枝芽已触到父辈未曾企及的天空。这既是一个父亲的私藏，更是人类共有的精神原乡：老树用腐叶为新苗让渡春光，新树以绿荫守护老树盘虬的根。当父亲把剪刀交给我的那个黄昏，暮色里摇曳的不只是桦树荫，还有穿越时空的生命契约——我们终将成为后人乘凉的树，而年轮里永不褪色的，是前人守望的温度。

从茅草岗出发

在江北圩区，村庄与村庄没有明显的区别，都无一例外地散落在画满沟渠水网的平整田畴之间。有村庄的地方虽然都有树，但没有名贵的树，大多是那种普通的苦楝、乌桕、泡桐以及桦树和梧桐树。农户家的房子无论是草屋还是瓦屋，都建得非常简易，墙以土坯，或土坯、青砖混砌为主，全用青砖的不多，顶上盖的要么是茅草，要么是灰色的大瓦片，盖黑色小瓦的凤毛麟角。

村庄有大有小，大的几十户人家，小的只有几户人家，无论大小村庄，均难见年代久远的古屋。因为紧靠长江，常遭水患，遭遇一次大的水患，房子就要经历一次劫难，或被洪水冲垮，或因水的浸泡而倒塌，能够经历水患而幸存的房子少之又少。

生活在圩区村庄的人总是有着与生俱来的忧患意识，他们被长江哺育，又害怕长江，不知道哪一天长江会发怒，会毫不留情地卷走他们辛辛苦苦置办下的微薄家业。过着面朝黄土背朝天的日子，他们辛苦劳作的剩余价值不多，即使是置办下微薄家业也极其不易，因此除了勤劳之外，他们养成了节俭的习惯。这种节俭，局外人很难想象。

五十多年前，也就是二十世纪六十年代，我便出生在这样的村庄里。我所在的村庄叫茅草岗，其实，那里只有茅草没有岗，算得上岗的无非就是村庄里家家户户垒得高高的屋基，因为怕水淹，他们不得不将屋基尽量垒高，其实，垒得再高也只是一种自我安慰，长江的圩堤一破，屋基垒得再高也无济于事。

这个叫茅草岗的村庄大约有三十来户人家，沿长江圩堤排成没有规律的曲线。圩堤外面依次是一条一百米到五十米宽窄不等的杨树林带，林带外面是荒滩地，荒滩地的外面就是江滩了。每年长江的枯水季节，荒滩地可以种一季作物，但总是种得多收得少。

因为是棉区，圩堤里九成以上的耕地种的都是棉花。圩堤外的荒滩地则大多种的是水稻，获得的收成是村里人口粮的贴补，没有了收成，便只好全靠回销粮度日。吃过回销粮的人或许都有很深的记忆，回销粮种类有限，有时是老玉米或地瓜干，即使是米也多是陈年旧粮。定量一般都不够吃，只好以瓜菜替代。

伴随我整个童年的就是这个叫茅草岗的村庄。从记事起，恐惧和饥饿时常如影随形，纠缠着我的童年。村民口口相传的关于长江破圩的故事，总是萦绕在我的脑际，一到长江汛期，我无时无刻不担心圩堤溃破，每个夜晚都会被洪水滔天的梦境惊醒。在漫漫黑夜里，我内心的忧患意识被恐惧的梦境催生，并一点点长大。

有两种东西是我儿时的最爱，一是长江圩堤外面杨树林里的茅草根，二是邻村桑园里的桑葚。因为回销粮不够吃，江外荒滩地偶尔获取的收成又被节俭的父母换成了砖瓦，人口本来就多的我们家总是过着吃不饱的日子，童年的我因此饱受饥饿的折磨。于是，杨树林里的茅草地就成为我经常光顾的地方。

桑树结桑葚时不啻于我的节日，在那段日子里，我几乎每天泡在邻村的桑园里，在我眼里，青的、红的、紫的桑葚，是人世间最美的食物。尽管因此胃里有了充塞物，但必须为此付出代价，有时候，因为误食了毛虫爬过的桑葚，结果嘴巴肿得比馒头还要大，那种火烧火燎的滋味，不是亲身经历者不能体味。

茅草岗，这座最初哺育我生命的村庄，不仅决定了我童年的生活，而且对我的一生都产生了无法磨灭的影响。

刨出人生智慧

　　收获之后的山芋地看起来空空一片，有经验的人都知道，这看似空空的山芋地，其实还有一些漏挖之芋。只是在这茫茫一片空地上，我们谁也不知道漏挖之芋究竟在什么地方。要是等到来年山芋发芽的时候，我们就很容易找到它，但刨出来的山芋大多已经空心，人是不能吃的，只好喂猪。在"瓜菜代"的年代，山芋要算农家餐桌上的细粮，谁也见不得山芋空心在地里。

　　每到山芋收获季节，收获过的山芋地都要迎来一批又一批的刨芋人。白天，大多是孩子，到傍晚的时候，收工回来的大人也加入进来，那场面极为壮观。

　　我那时大约十一二岁，性情顽劣，经常逃学回家刨山芋。在茫茫空地上，我总是东刨一下，西刨一下，尽刨到一些山芋茎之类的废物，很少刨到像模像样的山芋。有时候，看见别人刨到了又大又好的山芋，就赶紧跑过去，强占了人家的好地盘，以为山芋都在这地盘上了，一刨，结果依旧刨出些山芋茎之类的小玩意，很是气馁，便坐在地头看别人刨。

倒是隔壁家的狗子刨起山芋来一板一眼，他是我的同班同学，却从不逃学出来刨山芋，总是在放学以后，驮上一把大人用的旧钉耙到山芋地里来，然后选一个人少的地方，不紧不慢地刨。随着钉耙的不断推进，篮子里的山芋也越来越多，他只用放学后的一小段时间来刨，刨的山芋竟比我一天刨的还要多，而且刨到的山芋个个像模像样，羡慕死我了。说来也怪，狗子刨山芋从来就不刻意选地方，他似乎不管在哪里都能刨到山芋，即使在我刨过的地方，他也照样能刨到。我忍不住时常要向他讨教，他总是不紧不慢地说，要肯出力，要有耐心。我照他说的做了几回，果然就刨到了山芋，可惜一回都没有坚持到最后。

许多年后，我离开家乡，在这世界上到处漂泊，对家乡的许多故人旧物渐渐地淡忘了，但就是忘不了刨山芋这件事。我会在不同的情境中油然想起刨山芋的情景，那些深埋的隐喻总在深夜顶开稿纸。在当时，刨山芋的目的和意义都十分单纯，为了一份额外的口粮而已。至于刨山芋本身的意味，我则从未去考究。倒是在远离刨山芋的情境之后，我常常于油然的回忆中，试图进入刨山芋本身，钉耙尖划过土地的震颤，会在键盘敲击时突然复活。在我人生的少年时代，刨山芋的经历似乎是冥冥之中的刻意安排，月光下漏挖的土坑里，总有未破壳的蝉蜕。

　　此刻台灯照亮桌上的旧稿，钢笔在指间已生出铜锈。山芋地早被高速公路截断，唯有刨土时扬起的尘埃，仍在字句缝隙里簌簌飘落。

吃出一种春暖

我最喜欢吃母亲做的山芋玉米糊。熬得好的山芋玉米糊吃起来妥帖爽口，山芋的甜味和玉米的香味渗到一起简直是人世间不可多得的美味，要是再有点辣子或咸菜，吃起来就不啻是一种享受了。倘若让我放开肚皮去吃，我一顿能吃三大碗山芋玉米糊，但母亲总是只让我吃饱为止，决不让我贪嘴多吃，为此，我从来就没有吃酣畅过。

有一次，我已经吃饱，但嘴里还想吃，又不敢再到灶间去盛，就哄我的三弟，要他把自己碗里的山芋玉米糊让给我，但他就是不让，气得我一巴掌下去，把他的脸打得肿了三天，母亲为此罚我三天不准吃山芋玉米糊，害得我一到开饭的时间，就流口水，吸鼻子，恨不得把山芋玉米糊所有的香气都吸到自己的肚子去。

山芋玉米糊不仅吃起来满口生津，令人嘴馋，而且暖身子养身体。春寒料峭，一碗山芋玉米糊下肚，保准四肢血脉偾张，如沐三月骄阳，如饮陈年醇酒。我常常端一碗山芋玉米糊，到屋后的小树林子里去吃，吃着吃着就吃出一种春暖，仿佛只不过一顿饭工夫，树就绿了，花就开了。

我老家在棉区，早年集体劳作时，以种棉为主，附带种些五谷杂粮，收成虽有限，但勉强能维持生计。平常人家，如果精打细算一些，年保年还过得去，虽没有盈余，但饿肚皮也就不至于了。我们家人口众多，仅靠父亲劳作，常有买不起回销粮的时候，家里的日子过得自然紧巴些，但日子无论怎么紧巴，过匀了也还能对付。母亲有她自己的一套分配一年口粮的法子，竟把本来紧巴的日子，过得消停滋润，把一大堆儿女喂得胖乎乎的。

最不好过的是春季，青黄不接，俗称"荒春"。我们村庄三十六户人家，每年几乎有半数人家要闹春荒，而我们家却不曾闹过。相反，荒春时节，我们家的日子反而过得比平时滋润，每天都有一顿山芋玉米糊吃。

山芋和玉米刚收获那会，我们家分到的新鲜山芋和玉米，除一小部分被母亲做成熟食，让我们尝一两回鲜之外，其余的都被母亲宝贝似的珍藏起来：玉米封在坛里，山芋窖在地下，任凭我们怎么求她，她都再不肯做给我们吃。我们家的餐桌上还和平时一样，并不因为新收获的山芋和玉米而多一点什么。

看见别人家又是烀山芋，又是搞玉米糊，我们羡慕的同时就不免对母亲生一份怨恨。于是，我们就常吵着要烀山芋吃，要玉米糊吃，母亲被我们吵得没有办法，就说，烀山芋吃了胀气，玉米糊吃着寡淡，都不养人，到春上，我给你们做山芋玉米糊吃，保准让你们吃个够。到了来年春天，我们家天天美美地吃着山芋玉米糊，而有的人家却在闹春荒哩。于是我们理解了母亲，觉得这山芋玉米糊的滋味，胜过记忆中的许多美食。

从春荒玉米糊到秋收新米，味觉记忆织就理解的经纬。多年以后，我还时常在睡梦里闻到山芋玉米糊的醇香。有时候，实在忍受不住这种醇香的诱惑了，也会寻遍我所居住的这座城市的大小菜市场，买来一些山芋和玉米粉，做一两顿山芋玉米糊吃，但自己做的山芋玉米糊总是没有母亲做的可口。或许并不是我的厨艺不如母亲，而是我吃惯鸡鸭鱼肉的嘴再也嚼不出童年的滋味，我被滚滚红尘堵塞的鼻子再也闻不到乡土的气息。

团圆与时光的诗

在中国的传统节日中，中秋节是团圆的诗化表达，月光串联的不仅是血缘，更是文化基因里的相思，精神层面重于现实层面，注定了它是一个充满诗意和人情味的节日。中秋月，是一首亘古不变的诗歌，是一缕欲理还乱的乡愁，母亲将月饼切成六瓣，说缺角的那块给远行的雁。明月高悬，桂香浮动，月光下的故事总带着淡淡的思念。这个月圆之夜有许多残缺故事在演绎。多少浩叹，多少泪水，汇成茫茫河汉。此岸彼岸，被时空永隔，唯有灵魂可以搭桥，可以扬帆。谁和谁的灵魂相遇，都是奇迹，与月何干？

当吉祥的光照亮你的秋晨，当清脆的鸟鸣唤醒你的秋梦，请愉悦地收拾行装，欢快地跟着朝霞一起走。如果你的信仰曾经迷失，可以在征途上找回；如果你的爱已经动摇，可以在征途上获得坚定。所有的希望也会跟随你的脚步起程，为生命加油，为灵魂补给，为你的人生旗帜添彩，就像那朵不知名的花，将我带回茅草岗——也是这样的秋天。正值不识愁滋味的少年时代，我对慢条斯理的时间并无好感，希望她的脚步快点再快点。面向不可知的前方，我无限憧憬，巴不得一夜之间揭开岁月的谜底。如今，这个谜底以一朵不知名的花儿的面目向我呈现，我却没有欣喜，茅草岗已远，少年的心不再。

借一轮月亮替我回味童年，在故乡的老屋前，当年听故事入神的孩童，如今身在何方？借一轮月亮为我回忆青春，江滩边那垄青葱的玉米苗，哪一株曾经情窦初开？再借一轮月亮替我照照那条流浪的路，看看那页写满梦想的诗稿是否还在？今夜的这一轮明月权且替代中年的茶杯，我要借它静静地品味人生。月光漫过窗棂时，忽然明了那些急切的期盼原是时光的馈赠：当初嫌时间走得太慢的少年，此刻正捧着凝固的岁月珐琅；曾经渴望揭晓的谜底，早已化作掌心的时光刻痕与眼角的星辰图案。

那些被月光串联的碎片，在秋夜里渐次苏醒。老屋檐角悬挂的月饼香，玉米地里沙沙作响的私语，流浪路上被露水打湿的诗行，都在月光的浸泡中重新舒展筋骨。瓦罐里凝着糖霜的饼屑，或许会收起叹息——原来每个无法团圆的缺憾里，都藏着另一个维度的圆满。就像被时空阻隔的此岸彼岸，当灵魂的轻舟掠过晒谷场堆积的月光，万家灯火便成了最明亮的航标。

此刻秋风送来桂子的清甜，晾衣绳上的蓝布围裙正轻轻摇晃。我们举头望月时，望见的不只是天际的银盘，更是千百年来流淌在血脉里的文化基因。那些未能归乡的游子，那些天人永隔的思念，那些欲说还休的牵挂，都在月光里获得温柔的赦免。因为真正的团圆从不在于物理距离的消弭，而在于心灵的相映生辉；永恒的诗意不在于完美的月相，而在于缺月渐圆时心底泛起的微光。

鸟窝的高度

村子里筑得最高最大的鸟窝是我们家的，鸟窝就筑在我们家的大乌桕树顶上，我们家的乌桕树是村里最高最大的树。离村子老远时就能看见这个鸟窝，看见鸟窝就看见了我们家。有时候，我在外边玩迷糊了，忘了回家的路，就找这个大鸟窝，找到了鸟窝就找到了回家的路。

我们家大乌桕树的岁数没有人知道，反正它比我的爷爷奶奶岁数大。有这棵树的时候，还没有我爷爷，也没有我奶奶。至于这棵树上什么时候开始有了这个大鸟窝，我奶奶也说不清，反正我奶奶嫁给我爷爷，与这个鸟窝多少有些关系。

村里人说，筑在大乌桕树上的大鸟窝吉祥，住在大乌桕树下的人家兴旺，将来必定发达。

我记事的时候，大乌桕树粗得三个壮劳力手牵手都围不过来，树身黝黑，树皮坚硬，摸上去很像爷爷的手，使人产生一种敬畏感。树冠广大，仿佛硕大的穹顶，为我们家平添一份安宁。树顶和天上的云一样高，鸟窝便筑在云里。

高处的鸟窝就像一个高远的梦境，她时常逗引我，勾起我飞翔的欲望。我常常梦见自己飞，飞上树梢，飞向天际，飞回鸟窝里。

我不知道住得那么高的鸟究竟是什么样的鸟，要是我们家的屋也筑在那么高的地方该多好！我问奶奶，住在我们家大乌桕树上的是什么鸟，奶奶说，是喜鹊哩，喜鹊可是神鸟，它一叫，我们家准有喜事。

住在我们家树梢上的喜鹊一家人对我有巨大的吸引力，我不知道喜鹊爷爷喜鹊奶奶是不是跟我的爷爷奶奶一样慈祥，喜鹊爸爸喜鹊妈妈是不是和我的爸爸妈妈一样相亲相爱，喜鹊孩子们是不是和我一样无忧无虑、天真快乐。

我开始偷偷地学爬树，好在我们家周围有无数大大小小的树。我先爬小树，小树爬会了再爬大一点的树，大一点的树爬会了再爬更大的树。一段时间下来，我竟成了村里的爬树能手。

我终于决定去拜访喜鹊的家了。那是秋后的一天，早晨我在睡梦中被喜鹊的鸣叫声喊醒，听着喜鹊们美妙的歌声，我想飞的欲望又被唤起。

我一个人悄悄地来到大乌桕树下，仰望树枝深处的喜鹊和它们的家，仰望树枝深处的白云和秋空，我想飞！此刻即使喜鹊和鸟窝突然消失，我依旧想飞！

我知道自己的翅膀在心中，唯有以登攀的方式才能实现自己的飞翔，梦境在树梢之上，在蓝天白云间，等待并引领我飞翔。鸟窝这时候已成为一棵醒目的路标，在天空与大地之间，在村庄和白云之间。

我是在不知不觉中攀上大乌桕树的，没有惊动村里的任何人。我来到喜鹊之家那会儿，中午的秋阳笼罩了整个鸟窝，喜鹊们以欢快的鸣叫声迎接了我。但我看见了整个村庄，看见了村庄里许多忙碌的身影，同时，我还看到了村庄之外很远很远的地方，看到在很远很远的地方有更高的树、更大的鸟窝。

被一棵树引领

有一种树至今"青葱"在我的记忆里，岁月越是久远，它的树冠越是茂密，它的树干和枝条越是遒劲。这种树被称作梧桐，是极常见、极普通的树。记忆中的那棵梧桐，不像其他树笔直向上，它的枝干倔强地斜伸向天空，像极了少年时不服输的我。

在茅草岗众多的梧桐树中，这棵弯梧桐树无疑是另类，不被人看好，大家都认为这是一棵不成材的树。我却对这棵树情有独钟，情愿将自己的童年时光大把大把地撒给它，在寂寥或愉悦中彼此分享着什么。

我们家位居茅草岗的中间，相对比较独立。之所以选择这样的地方结巢而居，与我父亲的性格和经历有关。父亲幼失怙恃，三个兄弟靠我的祖母一人抚养，家庭生活维艰。在生活窘迫的年代，十二岁的父亲冒着生命危险，行走四方，干着贩卖鸡蛋的营生。后来，父亲仍是一无所有，母亲并不嫌弃他，她毅然决定嫁给他。和母亲结婚是父亲一生的转折点，婚后，父亲立下誓言，要靠勤劳的双手在村里出人头地。

父亲没有食言，他和母亲一起开荒种地，省吃俭用数年，稍稍有了一点积蓄之后，就想到要盖房子。父亲最终选定的地方是村里最低的一块低洼地。这块低洼地临近一条十多米宽的河流，茅草岗人称之为龙沟。大概又是数年之后，父亲硬是靠着自己的一双肩膀，在龙沟边挑起了全村最高的屋基，并建起了三大间崭新的房子。

父亲建造的土坯房年长我四岁。当我五岁开始记事时，这座茅草顶的房屋历经近十年的风雨，已与村中其他屋舍浑然一体。倒是父亲亲手栽下的树均已长大，从春至秋，我家的整个屋基都被浓浓的绿荫围裹。也就是在这个时候，我第一次认识了那棵弯梧桐树。

弯梧桐树在屋基西北临近龙沟的地方，它的左右和后面都是枝干挺直、粗壮的桦树。或许因为无法和桦树相争，这棵梧桐树便很费劲地往没有遮挡的龙沟方向伸展。虽然树干又瘦又弯，但伸到龙沟上空的树冠却很是茂密。因为斜出的树干离地面不高，又临近龙沟的水面，我觉得非常好玩。于是便经常爬到弯梧桐树上，沿着弯弯的树干向前爬行，一直到龙沟水面的上空才停下来。

我曾经问过父亲，这棵弯梧桐树为什么和别的梧桐树不一样，别的梧桐树树干都是直而粗壮的，为什么它却那么细那么弯。父亲说，当初只准备在龙沟那边栽一些桦树，那棵梧桐树不过是顺手栽的。结果，桦树长得快，就占了梧桐树生长的地盘，梧桐树又不甘心，只好找有空的地方长，长着长着就长成这样了。

我内心却有了不平，为弯梧桐树而不平。假如这棵梧桐树不是被栽在比自己长得快的桦树丛中，而是栽在比自己长得慢的树种附近，那么，弯梧桐树的命运会怎么样呢？这种想法非常青涩，完全是出于儿童自发的同情心，我不可能想得更深，但一种追求平等的理念，却从此在我的内心萌芽。

我因此越发喜欢这棵弯梧桐树，和它相处的时光也越来越多。在无心做了错事被父母责骂时，在与小伙伴玩得不痛快感到寂寥时，在内心的好奇得不到满足时……我在第一时间想起的都是弯梧桐树，并会一个人悄悄地来到弯梧桐树身边，或诉说或倾吐或呐喊。

弯梧桐树既是我默默的倾听者、心灵的按摩师，又是我梦想的引领者。每当我爬上弯梧桐树，身处蓝天和碧水之间，便会情不自禁地展开梦想的翅膀，在无际的时空翱翔，身心之愉悦难以言表。弯梧桐树培育了我最初的想象能力，这种能力让我一生受用。

故园三叠

黄先生抚琴的风雨夜，古琴漆面沁出松烟气息，与圩田的泥土味悄然交融，丝弦震颤的幅度恰似犁沟深浅。他闭目走弦的手指忽然停住——琴箱裂了道缝。摸索着掏出半截发霉的棉桃塞进去："琴通地脉，爱听土地心跳。"自此《流水》曲里多了棉铃爆裂的脆响，圩区人闻声便知该摘秋棉了。

大祥先生的老槐树洞藏着半卷残籍。树瘤凸起处依稀可辨少年时刻的星图，那夜惊雷劈焦"天枢"位，他抚着焦痕笑叹："天机难参。"翌日砍枝削出七柄木剑，分赠村中男丁时叮咛："剑脊要直如青竹，遇浪方知骨节硬。"后来洪汛漫野，浮在水面的木剑竟成了救命舟楫。

徐老师的溪畔课堂总在春潮初涨时开课。孩童们蘸江水写

"人"字，写完任浪花舐舐沙痕。"流水不识字，却懂人情。"他望着消散的字迹轻语。某日见渔童用破网兜晚霞，夺过网补了三针："漏风的网眼要补，漏光的心眼得养。"那枚铜针至今别在老宅梁上，锈色里凝着粼粼波光。

万芝先生作画必用赭石粉。暴雨摧竹那夜，他披蓑立于竹丛中一整宿。归来后画上断竿竟添新笋，童子惊问缘由，他蘸檐溜题句："地气不绝处，笋自破坚甲。"多年后见牧童沙滩画竹，这位封笔三年的画师忽然重开砚台："童稚心性，方是真笔墨。"

虫灾肆虐那年，黄先生的琴声陡然激越。农人受琴音鼓舞昼夜除虫，琴过处棉田渐复青翠。村人问秘诀，他指耳笑道："虫豸也惧真音。"大祥先生却在田埂焚《农政全书》，说书页蠹虫比棉铃虫更蚀人心。那夜两老对饮晒场，琴与书在月下蔓出青藤，悄悄缠住老宅础石。

徐老师临终将粉笔灰撒入江流。送葬日，学生们发现礁石生出特殊纹路。万芝先生提笔欲画，忽掷笔恸哭："天地文章，岂敢妄添一笔！"后来圩区人仍用江水写"人"字，只是写完定要踢散沙痕——"字会朽，流水不朽"。

如今老琴悬在祥伯家墙上，弦间积尘，偶尔滚落棉籽。大祥手植的泡桐根须攥着半截木剑，倔强地拱裂地砖。万芝的赭石粉瓶某年汛期冲回故滩，泼出十里红霞。惊蛰晨雾酿成陈醪时，江涛声里分明有琴箫和鸣——黄先生弹《回魂》，大祥叩碗而歌，徐老师以浪写帖，万芝挥毫作画。他们早化作圩区血脉，每道地裂都在吞吐沧桑，每粒沙都在转述未刻的墓志。

来过，又离开

　　江南的晨曦朦胧在春雨中，散发着温馨而神秘的气息。一两声鸟鸣仿佛朝歌的起调，清澈而明亮，一种温润的气息在我的心空袅袅升腾。朝霞吻过枝头，芽尖们纷纷醒来，花朵们接踵绽放，生命的花园璀璨着无限生机。天亮了，该起床啦！父亲的声音越过晨曦，在我的脉管回荡。惺忪的睡眼刚刚睁开，迎接我的却是那年的味道，少年的心别有贪恋。

　　属马的大哥长我九岁，却像牛一样辛劳终生。大哥是兄长，更像父亲，是我心中的偶像，梦里的诗人。乡村的路多泥泞，熄灭了大哥的文学梦，大哥却用浪漫的诗行，点燃了我的童心。鸟儿们自由自在地歌唱，花儿们又艳了几分，阳光涂亮春天的枝头，生命的拔节声色彩斑斓。早逝的大哥去天堂很久了，他的那首《红五月》依旧装点着我的梦，如同老屋檐下垂挂的蛛丝，在风里轻轻摇晃着旧日的光影。每根被他修剪过的枝丫，都成了遗落在年轮里的诗行。

月光的清辉，悄悄地冰冷着大地；无声的风，刮走岁月的青葱。老屋里都是父兄的气息，忧伤漫上心头，如钝刀切割每一寸肌肤。灵魂在无垠的天空向上再向上，上善和爱带着感恩和欢悦飞向你，飞向一切可能抵达的地方。我乘着朝歌的旋律回到早年的故乡，茅草岗的枝头正在萌芽，温润的梦境悄然生长。多少年前，也是这样的夜，少年不知时光的锋利，内心尽是油灯前的闲愁。昨晚，行者梦回当年，听见的都是沙沙的落叶声和无尽的春雨声。

那一刻，听溪水淙淙的人不是我，是那颗归家的灵魂。哪一世来过？哪一世离开？记忆里都是烟云。莫名的感动，无由的泪水，深切的感恩，都似曾相识，却无法想起。那一次的迷失，这一刻的觉悟，都与我相关。就像墙角那株野蔷薇，开时不知为谁绽放，谢时不问归向何方，只是顺应季节的召唤。

一个人生在何处，活在哪里，看似偶然，实则必然。生在福地是你的福气，要珍惜；生在恶地是你的报应，要忍受。正如门前那棵老桦树，有人见它满身瘤节觉得它丑陋，有人却从虬曲的枝干里读出了岁月的纹路。树不会选择生长的土地，却能在裂缝中把根扎得更深。

　　不管旭日是否升起，每天都要保持一颗晴朗的心；不管朝霞是否灿烂，每天都要让自己笑靥如花。生命的形态因人而异，你如何耕耘心田，便如何收获人生。不必期许来生，晴朗的心就是这一世的净土；无须去祷告，如花的微笑便是最近的天堂。你看那晨雾中的牵牛花，明知正午便会凋谢，依然在日出时分全力舒展每一片花瓣。

　　老屋灶台上的陶罐还留着烟熏的痕迹，窗棂的裂缝里嵌着几十年前的月光。院中的青石板被岁月磨出了包浆，每一道纹路都是往事的刻痕。那些来过又离开的身影，那些消散在风中的呼唤，最终都成了生命年轮里最深的印记。

　　愿一切安好，我的亲人和朋友们。就像门前的溪水，带走落花也带来新绿；如同头顶的星辰，熄灭光芒又点亮银河。我们皆是圩田里的稗草，年轻时总被当作杂莠剔除，待秋深稻熟时，才知我们的穗子也曾喂饱过迷途的雀鸟。

土地的叙事

　　龙沟的波纹在某个日子凝固成水田。当犁铧剖开记忆的泥土，我看见父亲佝偻的倒影正在水光里搬运星辰。临终前夜，他把老宅铜钥匙塞进桦树根须的缝隙，锈绿的齿痕卡在树瘤间，像龙沟旧河道最后的旋涡。那年我卸下教鞭，行囊里装着未写完的教案和半块板擦，像棵被连根拔起的桦树苗，在城乡的褶皱间辗转飘摇。父亲沉默着用目光丈量水田，他浑浊的瞳孔里浮动着多年前的光——那时他赤膊挑土的肩头能扛起整条龙沟的月光。

　　宅基地的批文是张迟到的契约。父亲用皲裂的拇指蘸红印泥，在申请报告上按下指纹的瞬间，田埂下的蛙鸣突然噤声。两分薄田躺在填平的龙沟之上，如同掌心托着消逝的河床。新土覆盖旧河道时，他悄悄留下半截钥匙模样的树根，说是等桦树长成再取。我们拉着板车往返于晨昏之间，车辙里渗出的不单是黄土，还有父亲早年挑断的麻绳、磨平的扁担，以及他藏在皱纹里的叹息。新垒的宅基渐渐隆起，像大地新长出的骨节，而那些被车轮碾碎的露珠，都在暮色中重新聚合成龙沟往昔的倒影。

桦树苗是父亲最后的修辞。当我在异乡用键盘敲打人生时，他义无反顾地将钢筋水泥的构想改写为一片桦树林。幼苗的根系刺穿宅基，沿着龙沟旧日的脉络潜行，年轮里的密码唯有父亲能解。某夜暴雨，桦树根掀开石板，那截钥匙模样的树根竟生出铜绿，与父亲枕下的老钥匙一模一样。某个梅雨季，三弟的电话穿过电子雾霾："老二，父亲在梦里指着桦树林呢。"我们突然明白，那些被父亲亲手栽下的树，原是他提前写就的墓志铭。

父亲下葬那日，云絮低垂如未及装订的书页。棺木沉入宅基的刹那，无数细根从土壤深处涌来，将桦树的银屑缀满灵柩。母亲把老钥匙系上红绳，埋进最深的那条根须里。我忽然看清那些交错的根系——父亲当年拉车时绷紧的背肌，板车铁轴转动的轨迹，甚至龙沟消失前最后一道涟漪的纹路，都在地底连接成隐秘的经络。风掠过新坟，桦树叶沙沙翻动着父亲未说出口的教诲：所谓家园，不过是父辈将掌纹烙进土地，让游子的漂泊都成为向心力的圆周运动。

如今每当我打开电子地图，指尖总会不自觉地摩挲某处像素。卫星云图上的绿色斑块安静如茧，但我知道，父亲的骨殖正与桦树根须进行着永恒的对话。去年暴雨冲垮田埂，龙沟旧河道在树根间若隐若现，像一道愈合又裂开的胎记。龙沟的水脉在混凝土下苏醒，沿着年轮攀援成树冠里的云图。清明时扫墓，大侄儿指着抽新的枝丫惊呼："爷爷在教树写字！"嫩叶的脉络果然酷似父亲的字迹，那些关于土地、根系与传承的寓言，正在年轮里等待破译。

宅基地最终完成了它的隐喻：父亲将望子成龙的固执，酿成了让草木成荫的春雨。我们曾以为自己在逃离乡土，却不知所有出发都是对父辈坐标的测绘。当城市霓虹在午夜闪烁，我常听见板车轱辘在梦境深处转动，载着父亲和我，在龙沟两岸来回搬运星辰。为弟弟要建的两层小楼腾地方，推倒老宅那日，桦树根下的钥匙忽然露出地面。侄儿拾起时，发现锈蚀的齿痕竟与掌心纹路重合——原来我们从未离开过父亲的坐标系，他早将归途刻进子孙的血脉。

心灵的原乡

茅草岗的秋雨总在午后缠绵，先濡湿晾晒的棉桃，再漫过圩沟的苇丛。老屋残墙的裂缝里，蟋蟀正用月光修补祖辈的犁歌——某个音符突然坠地，惊醒了陶瓮里沉睡的麦种，它们梦见自己将在来年芒种，长成灶膛里跃动的火苗，舔亮母亲熬粥的陶罐。

被填平的龙沟在荒草下依然汩汩。江边挖出的老式游戏卡带上，还粘着当年少年们玩水溅上的泥点。那些银亮的珠串正顺着稻穗垂首的弧度，滚入灌溉渠的怀抱。弯梧桐树化成的秋千架，此刻正在晒谷场老桦树的枝丫间摇晃，把四十多年前的蝉鸣荡进孙辈的竹筐，如同父亲修剪过的紫藤旧枝，正在江堤公路旁抽出新芽，将剪影拓印在过往车辆的反光镜上。

夏夜水塘浮游时，蛙群突然噤声的刹那。北斗倒映的银鳞恍若星辰撒落的微光，引得鲫鱼争相抢食。那些追逐的流萤，如今化作芦苇荡里的星子，船桨一搅便溅起碎银般的光斑，为星辰绘制水纹的注解。这多像谷仓梁柱倾颓那日，家燕衔着草茎飞向渡口茶馆的檐角，它们的泥巢碎片在春雨中化作田埂的沃土，赤脚插秧的农人正踩着大地绵长的脉搏。

布谷鸟在清明前夜校正的音准，漫过江堤公路的尘烟。与茅草岗一江之隔，江南的晨雾裹着茶香越过长江漫进青瓦屋檐，某个采茶女发梢别的野姜花，正是平天湖畔鹅卵石的前世。她弯腰摘取嫩芽时，忽然有稻种萌发的绿意从指缝渗出——原来所有被岁月深埋的，都在以另一种形态苏醒，就像灶膛的火星溅入萤囊，让每个夏夜都跃动着橘色的微光。

深秋挖山芋发现的蛇蜕，正在老中医的藤箱里沉睡，褶皱的纹路恰似江水漩涡的年轮，恍若父亲当年挂在篱笆的风干记忆。此刻平天湖的涟漪正重组四十多年前的星光，渔人们撒网捞起的银鳞里，晃动着茅草岗所有清晨的露影。

我蹲身系草鞋时，听见地底传来龙沟旧日的潺潺。江堤公路的柏油裂缝间，自己的倒影正与浮水少年重叠——他掌纹里游动的小虾，此刻正在鹅卵石滩的波纹间闪烁微光。那些光屁股伙伴的笑声，原来从未消散，只是化作了山间云雾，在每个雨季归来轻叩窗棂，提醒着：所有消逝的都会在江涛里长成水草的纹路，等待某只夜鹭啄食岁月里的月光。

（印章）踏遍人间

我心如莲

曾几何时，诗心悄然离去，诗情再也唤不起。岁月是把刀，刻出的又岂止额上的沟壑？被斩断的，还有细雨的缠绵和诗歌的旋律。人生易老，我们能够把握的时间和热情，远不如想象中的那么丰沛。容颜在岁月中褪色，激情于时光里冷却。越往岁月纹路的深处走，我们越不认识自己。若生命的真相本如此，除了一声轻叹，我们还能如何？问题是我们不甘心，也不服气，时间才不敢特别嚣张，任由我们在幽深季节点燃一盏灯，重新照亮童颜，找回青春。在思绪纷飞的夜晚，我总在星与星之间徘徊——云裳雨帘遮不住的传奇，其实都是平淡故事。此刻我在一切可能的地方，唯独不在地球。心灵的守望如圩田的四季：春雨润苗，夏阳催熟，秋霜凝思，冬雪藏慧。我不能活在虚幻里，在无常里找到恒常，才是我的真意。

被梦纠缠的清晨，我不小心错过了鸟鸣，好在赶上了旭日。这个冬日周末异常温暖，没有一丝风，我懒洋洋地倚在门前草堆旁晒太阳，吃着滚烫的山芋玉米糊和母亲腌制的咸菜，昔年冬天的早晨就这样跃上心头。感恩那些和我一道从春天出发的人，不管认识与否，无论是否相投，他们都注定在我生命中有分量。路上有行人，人生的旅程就不孤单。生命里那些美好的记忆，仿佛树的年轮，总在不经意中一圈圈扩展。即使树想忘却，年轮也会顽强记住。

莲带给早晨淡淡的芳香，带给人宁静的意境。让莲花融入生命，让心开成一朵莲花。心若晴天，雨便是旭日阳光的另一种形态；生命晴朗，下雨也灿烂。心里有光，何处不能被照亮？撑伞漫步雨夜，走着走着便走出红尘。这一世我心如莲，虽身处纷扰人间，仍愿保持澄澈通透。谁若欠我，请忘记；我若欠谁，请提醒。

当我们在星光下追寻永恒时，在暖阳里咀嚼往事时，生命的肌理逐渐清晰。那些被时间剥离的诗意，在玉米糊的热气里重新蒸腾；被岁月沉淀的旧事，于咸菜的咸香中泛起涟漪。老去的只是皮囊，只要心中仍存着对早晨的期待，对陌路人的善意，对一朵莲的倾慕，灵魂便永远鲜活在春天的原野上。

我心如莲，生命在岁月洗礼中绽放，纵使身陷红尘，心亦澄明如初。那些看似被斩断的雨丝，终将在记忆的池塘泛起涟漪；仿佛消逝的诗歌旋律，其实早已化作年轮里的秘语。当我们不再与时间角力，而是将每个清晨都活成重逢，每个黄昏都过成馈赠，便能在无常的河流中，触摸到永恒的温度。这或许就是最温柔的对抗：以莲的姿态立于泥沼，用诗意的目光凝视沧桑，最终让时光的刀刃，雕琢出灵魂的透亮。

辑三

情丝织锦

　　《爱是原动力》如棉田春雨默默浸润生命；《择友如养玉》借"粗陶碗般笨拙的暖意"强调真挚胜浮华；《不生气就是智慧》直言"心若澄潭，世事难起波澜"。它们共同织就《世间最美的诗篇》——以爱为经，以善为纬。

静村　于静 画

爱是原动力

　　爱是圩田春耕时的第一道犁痕，翻开的黑土里埋着去年的稻草根，也藏着今年的新芽。爱如圩田的渠水，默默浸润每一寸裂土。让问候从稻穗的弯腰开始，落在每个需要温暖的角落。哪怕没有一个观众，也要竭尽全力地表演，演好属于自己的一生。

　　你若朝阳，心必敞亮；心若晴朗，你必阳光。朋友，今早将这句话送给你，也送给我。存一颗欢喜心，再喧嚣的市声，你都能听成最静美的音乐。心是灿烂的，这个世界就处处像琉璃。能帮人家，说明你有能力，别人认不认可没有关系；过自己的日子，不为别人的目光过，你慢慢就强大了；一生何其短，让痛苦占了快乐的时光不值得；将目光移开生活的小圈子，你的世界便广阔了；有空多读书多亲近大自然，你或许会觉得人生大不一样。

童年遇到好父母，少年遇到好老师，青年遇到好妻子，壮年遇到好事业，中年遇到好儿女，老年遇到好朋友。人生有此六好，夫复何求？人生若遭六害，情何以堪？深秋夜，一个人独自躺在清溪河公园的长椅上，任凉爽的晚风吹拂。我仿佛回到了生命的起点，安宁而澄澈。是一朵云，会飘走；是一阵风，会吹过；是家，总要回去。而我依旧在那里——就像将起将息的风，欲下未下的雨，惹动天地间一缕愁绪。我在你看不见的地方，被你牵引。那根若隐若现的线，长过了一个世纪。只可感知，不能相见。

决心易下，坚持很难；目标易定，实现很难；诺言易许，践行很难；小善易施，持久很难；小恶易除，积德很难；相识容易，相知很难；相恋容易，相忘很难。投胎容易，活着很难。但正是这些艰难，让爱的力量愈发清晰可见：当父母牵着孩童走过秋叶铺就的小径，当老师用粉笔写下星辰般闪耀的真理，当爱人深夜留一盏等待的暖灯，当儿女用稚嫩手掌抚平你眉间的褶皱，每个瞬间都在证明——生命最深的刻痕，永远来自爱的雕琢。

你看那朝晖中的露珠，既映照着天空也承载着尘埃，正如我们被爱浸润的生命。有人在山巅追逐流云，有人在溪畔静听松涛，有人把思念织进月光，有人将遗憾埋入深雪。但所有故事最终都会在某个秋夜交汇：当清溪河的长椅承接住所有疲惫，当旷野的风带来久违的松香，当书页间飘落多年前的银杏书签，你会发现那些看似零散的爱的印记，早已在时光里连成璀璨星河。

有爱，就有不爱

　　所谓真正的爱情，一生或许只有一场，它让两个人如骨肉般相连，哪怕有一点牵扯，都会触动心弦。所谓移情别恋，其实与爱情无关，倘若爱了，即使遍体鳞伤，即使生生相离，那痛也不会消逝，可能缠你一辈子。深刻的爱情或许仅有一次，其余多是际遇使然，是否发生则需要缘分。读就深读，别指望一次浮光掠影，就能读懂深邃辽阔的天空；爱就深爱，别指望一次蜻蜓点水，就能理解大地的深情。能读懂天空的人，必有天空般博大的胸襟；能理解大地的人，必有大地般温柔的怀抱。

　　两个陌生人从相遇走到相知，是一种难得的缘分。

　　爱情和婚姻是人生的重要选择——父母没得选，夫妻可以选。你想有什么样的父亲，就选什么样的男人嫁；你想有什么样的母亲，就选什么样的女人娶。善用这份选择权，你的后半生想不幸福都不行。

相识相约，相知相恋，由恋到爱，一生一世，又恰巧都是相互间的事。此生不遇，来生何求？世上最浪漫且有趣的事，就是白发苍苍时，你最深爱的那个人愿意陪你一起看夕阳、唱情歌、吵吵架。这样的场景，让再刻骨的爱恨情仇都成了戏；再刻薄的嬉笑怒骂，终究还是戏。因为人生原本就是一场戏，演得如何不重要，尽力就好。就像深秋的枫叶，明知终将零落成泥，仍要在飘落前舞出最绚烂的弧线。

有爱，就有不爱；有恨，就有不恨。爱时要想，有一天不爱了怎么办；恨时要想，有一天不恨了怎么办。爱如血肉相连，就要准备承受不爱时撕心裂肺的痛苦；恨若深入骨髓，就要准备承受不恨时相对无措的尴尬。何以才能减少这种痛苦和尴尬？答案只有一个：爱时要有距离，恨时要留余地。这距离不是疏离，而是给月光留出流淌的缝隙；这余地不是妥协，而是为春风预留发芽的土壤。

那些在婚姻围城里相互打磨的夫妻，终会懂得真正的委曲求全不是自我牺牲，而是像河流接纳支流般的自然融合。当妻子在厨房煮着第八千六百顿早餐，当丈夫为庭院第十次修剪疯长的蔷薇，当年少时炽热的爱已沉淀为指纹相叠的温度，你们便成了彼此生命的注释——他用白发丈量你眼角的纹路，你用汤匙搅动他记忆的甜度。这何尝不是对"爱情一生一场"最温柔的诠释？

爱情有爱情的味道，婚姻有婚姻的实在，要爱情也要婚姻，是大多男女的正常追求。能否二者兼得，就看各人的造化了。或许答案就藏在某个清晨：当第一缕阳光穿过窗帘的褶皱，照见餐桌上两副交叠的碗筷；当夜归的脚步声惊起廊灯，打开门却是两双会心微笑的眼睛——那时你会明白，所有的味道与实在，最终都化作了岁月长河里闪烁的星辰。

世间最美的诗篇

今天是母亲节。我今晨的第一声问候专致母亲，祝我的母亲和天下所有的母亲快乐健康，幸福满足！今天的旭日是为母亲升起的，今天的朝霞是为母亲灿烂的，今天的鸟鸣是为母亲歌唱的，今天的爱和上善是为母亲生发的。

黎明的黑暗和寂静中，我看见了生命的呐喊，我听见了灵魂的开放。虫儿被雄鸡叫醒，歌唱着上路，向鸟鸣进发。勤劳的大地母亲，已经生起了炉火，在光热中为她的孩子们准备早餐。煎一轮太阳，摊数片朝霞，煮一杯晨露，让浓浓的母亲的味道弥漫过天际，唤醒人世间沉睡的爱和上善。

母亲的笑，是人间最美的景致；母亲的愁，是举世最大的难题；母亲的声音，远胜最动听的天籁；母亲的手，超越世上最温润的春风；母亲的心，是宇宙间最宁静的港湾。即便我千万次飞翔，也飞不出母亲牵挂的目光。

近九十高龄的母亲身体大不如前，看着母亲的银发皱纹、蹒跚步履，心中很不是滋味。母亲的苍老，既是岁月的无情，也是儿女的不周，更是母爱的纠缠。儿女永远是母亲心中的牵挂，做儿女的却因为忙于生计，不能总是出现在母亲眼前。

一个人再怎么长大，都大不过母亲的胸怀；一个人飞得再高再远，也飞不出母亲的视线。母亲的胸怀是爱的天空大地，母亲的目光是情的千丝万缕，母亲的爱和深情犹如阳光、空气和水，只有付出，从不索取，默默奉献，不思报答。

母亲，我是您放飞的一只风筝，线永远在您手中。有一天飞倦了，您手中的线就是我回家的路。那时候，您已经满头银发，我的眼角也爬满皱纹，您的儿子会牵着您的手走在故园的路上，给您说故事，说风筝飞过的那些地方……

二十九年，恰好是一个青春。我和母亲始终相隔一个青春的距离，虽不算长，却又很远。盗取母亲青春的人，不是父亲，而是我。是母亲用青春的爱，教化了我这小小的盗贼。五十多年过去之后，母亲老了，我依然欠她一个青春。有些债，讨取容易；有些债，却一辈子还不了，因为时间的距离无法穿越。

母亲是明亮的星光，陪我在队屋的稻场上捉迷藏，招魂的声儿一声短一声长，照亮我回家的方向。母亲是宁静的港湾，送我从长江的岸边出发，嘱咐的话儿一声短一声长，摇动我破浪的船桨。母亲是梦里飞扬的白发，我生命里的柔情牵挂，一声短一声长，祝福我亲爱的母亲安康。

世上万般好，不如娘最亲；儿行万里路，天涯搁慈心。岁月流水去，高堂白发生；莫道时空远，乡路正情深。祝福天下母亲！

择友如养玉

文学沙龙的水晶吊灯下，某位"知音"正高声朗诵我的新诗，天鹅绒手套包裹的手指按在泛着油墨香的纸页上，眼尾笑纹的弧度精确如量角器绘制。两小时后，却在街角咖啡馆瞥见他与旁人嗤笑："不过是失眠患者的矫情呓语。"水晶杯里的冰球叮咚作响，倒映着他翻飞如扑克牌的人设。这让我愈发珍视那些粗陶碗般笨拙的暖意——退休的周老师总把我的散文剪贴在教案夹里，泛黄的胶水印渍叠着红笔批注："留着给孙辈当范文"；街角修车铺的老赵用沾满机油的手指，在我文集扉页歪歪扭扭写下"比扳手更有劲道"，第二页还粘着半片风干的梧桐叶。

少年时曾痴迷地下摇滚酒吧的暴烈美学，直到目睹主唱将电吉他砸向示爱少女的额头。鲜血溅在效果器旋钮的瞬间，方才惊觉皮衣上的铆钉与灵魂的成色未必相称。如今更愿在图书馆古籍修复室消磨黄昏，看管理员戴着白棉手套为《陶庵梦忆》缝补封皮。粗麻线穿梭在虫蛀的纸页间，老人低声絮语："故事老了，装帧得体面些。"那些藏在生活褶皱里的温柔，比颁奖礼的镁光灯更令人眼眶发烫。

同学会的长餐桌铺着浆洗过的白缎，红酒折射的面孔扭曲成条形码。此起彼伏的寒暄声像超市收银台的扫描声，嘀嗒间将往事明码标价成学区房面积与基金净值。我借口透气躲进露台，却撞见当年学霸正对着电话压低嗓音："那份标书千万拦下来……"夜色中他的侧脸忽明忽暗，宛如被程序篡改的旧胶片。这让我愈发怀念那年独行林区偶遇的护林员，老人用开裂的拇指指向石缝里的一朵野花："瞧这丫头倔的，水泥缝里照样开得欢实。"去年听闻他化作雪山间的晨雾，可那句"观人当观其待风中残烛，莫看宴上明灯"的偈语，仍在心壁生长成苔藓覆盖的碑文。

某个梅雨季整理旧物，从《荒原》扉页抖落周老师寄来的最后一封信。化疗中的字迹蚯蚓般歪扭："孩子们说您的散文比止痛药温柔。"信纸边缘还粘着幼儿园儿童画的太阳，蜡笔涂抹的金色已黯淡成秋叶色。这让我想起修车铺搬迁前夜，老赵塞给我的铁皮盒——里面整齐码着二十多年间从我文集中剪下的段落，每页边缘都用扳手刻着歪斜的日期。最底下压着片青铜齿轮，是他拆解父亲遗留的老座钟时，特意保留的1937年产传动轴。

择友如温养古玉。琉璃厂柜台里那些通体莹润的籽料，哪个不是历经溪水千年冲蚀、匠人十载琢磨？速成的包浆用砂纸便能打磨，真正的沁色却需三代人掌纹的温度。就像护林员生前最爱的根雕，放在星级酒店大堂只是装饰摆件，唯有搁在守林屋火塘边，才能从木纹里渗出松脂的气息。那些在沙龙里与我碰杯的"知己"，此刻或许正将同样的祝酒词复述给新晋评委；倒是库房里生锈的铁皮盒，始终沉默地收纳着所有未经修饰的晨昏。

深秋路过老修车铺旧址，发现水泥裂缝里钻出一簇野菊。俯身细看时，一滴露水恰好从花瓣上滚落，在朝阳里折射出七种时光的质地。

适合的才是你的圈子

人类的圈子多如繁星，与你灵魂共鸣的，才可能是真正属于你的天地。有些人初遇便如故友重逢，目光总忍不住追随；有些人甫一照面便心生抵触，恨不能退避三舍。那些让你心头微颤的相遇，与那些擦肩即忘的陌路，恰似山间清泉与浑浊泥流——本无高下之分，只是各寻归途。

有人说这是过往因缘的牵系，有人归因于生物能量的共振，这些解释都如盲人摸象只触及局部真相。正如古琴与洞箫的和鸣无须乐理佐证，人与人之间的磁场吸引，本就是超越理性分析的玄妙存在。试想春日踏青时，有人醉心野花的恣意，有人独爱古树的沧桑，这本是造物主设定的生命密码。

世界广袤如斯，世事纷繁如斯，总有力所不及，何况我等凡胎？即便同为红尘客，亦遵循物以类聚的铁律。市井的烟火气与文人的书卷气，本就在各自的轨迹中流转。那些在茶肆高谈阔论的市井智慧，与书院中的之乎者也，都是人间不可或缺的声部。

三类人当摒于生活之外：食言而肥的背信者，锱铢必较的利己者，肆无忌惮的无畏者。他们的存在如同蛀蚀梁柱的白蚁，初时不察，日久必危。这让我想起老辈人择邻的智慧：宁与直率的樵夫为伴，不与巧言的乡绅为伍。

聚散之道贵在清明。与率真者围炉夜话，纵使喧闹也是痛快；同城府者虚与委蛇，即便锦衣玉食也难下咽。有时我混迹市井听俚语乡谈，有时独坐幽篁伴明月清风——这种收放自如的状态，恰似茶人在闹市品茗与山间烹泉的切换。人生境遇看似由缘分织就，实则是每个选择串联的珠链。

莫要小觑任何人的影响力。庙堂之上的显贵，可能在渔樵圈中遭冷遇；市井里的庖厨，或许在美食界是泰山北斗。这如同山间野菊不入牡丹谱系，却在草药的国度自成一家。你此刻觉得微不足道的善意，或许正在某个角落掀起蝴蝶效应；你自认平凡的特质，可能恰是某个群体渴求的光亮。

真正的归属感，不在圈子的大小显赫，而在气息的相通相融。就像茶树绝不会错认适合的土壤——在岩缝中能抽芽的，未必能在沃野茂盛；于梅雨季舒展的，未必经得起塞外风沙。与其勉强挤进金碧辉煌的厅堂做局促的宾客，不如在自己的竹篱小院当自在的主人。毕竟，生命最珍贵的馈赠，从来不是万众瞩目的喝彩，而是深夜归来时，永远为你留着的那盏灯。

心里有杆秤

　　身边都是追捧你的人，你迟早会摔；周围都是棒喝你的人，你难免受伤。这两种状态，都是人生的不堪，好在概率很小。多数时候，环绕你的，既有追捧你的人，也有喝棒你的人，所以大可见怪不怪，别太在意别人的追捧还是棒喝。你太在意，追捧和棒喝就会变本加厉；你不在意，追棒和捧喝便没有了市场。

　　替天想想，替地想想，替人想想，然后再替自己想，世上哪还有想不通的事？天不会总亮，也有天黑的时候；地育万物，也有不毛之地。人有高矮胖瘦之分，也有贤愚穷达之不同。你的生活顺逆，人生峰谷，生命起伏，跟天地比算不得什么。跟他人比呢，你既不是最幸运的那一个，也不是最不幸的那一个。正如一个天才和一个庸才同时追求一位美女，她最终选择庸才做丈夫，选择天才做朋友。天才不解其意，智者点破玄机：才情与浪漫是佳话，因而稀有；平凡与相守才是生活真味。容颜易逝，智慧长存。真正的相守不在皮囊的鲜妍，而在灵魂的共耕——如同棉田与春雨，彼此成全。

追求目标，享受过程，才能找到奋斗的意义，体味生命的真谛。从这个角度说，笑到最后的不一定是真正的胜利者，那些能微笑面对任何境遇的人，才成就了最有价值的人生。懈怠时逼自己一把，激发的可能不仅是热情与创造力；冒进时泼一瓢冷水，收获的或许不止冷静与自省。有些机会是被逼出来的，有些成就是用冷水浇灌出来的。就像任意开始一件事，只要专心持续地做下去，它终将融入你的生活，成为生命的状态。哪怕这件事一生做不完，也定会被你做成——当一件事扎根灵魂，此生未竟，来生可续，做着做着便成了每日精进的修炼，终有觉悟之日。

有杆秤始终悬在心头：称得出追捧声里的虚浮，量得准棒喝声中的真意。那些被过度追捧的，终会因失衡而坠落；那些遭无情打压的，反在锤炼中淬出光芒。不必艳羡云端的天才，也无须鄙夷尘世的平庸，生命的砝码自有其平衡之道——有人用诗篇丈量星河，就有人用柴火温暖寒冬；有人在掌声中雕刻传奇，就有人在冷眼里锻造筋骨。

你看那山间的溪流，从未计较礁石的阻拦与落花的追捧，只是朝着既定的方向流淌。遇峭壁则成瀑，经平原则化泽，最终在入海口与万千支流相汇时明白：所有追捧与棒喝的声浪，不过是风掠过水面的痕迹。真正的重量，永远沉淀在默默奔涌的深流里。

不欠别人不欠自己

雨声中醒来，起床，盘坐，等待内心里旭日升起，朝霞灿烂。以前，我是个充满忧郁的人，生活中到处都是泥泞；如今，自我感觉良好，生命里阳光普照。而真相呢？一切可能都是错觉，正是这种错觉，让人生的乐章跌宕起伏、旋律优美。就像人与人之间贵在相通——贴得太近，彼此就少了腾挪的空间，活着活着心胸就活窄了；心若相通，彼此生命的格局便开阔，离得再远，也能相互感应。

每个人都是潜在的朋友，每个人都是可能的对手。在这无常的世界上，没有什么东西一成不变，包括人与人之间的关系。智者不仅可以将潜在的朋友变成实在的朋友，也能将可能的对手变成铁杆朋友。真朋友分享你的快乐，假朋友嫉妒你的快乐。面向前方时，我们无法看见身后，谁的后脑勺上都没有长眼睛。能看到我们身后的，是他人的眼睛。为了让自己的身后安全，还是要多交朋友少树敌。

世上特别优秀的人不多，有幸遇到一个，绝不要轻易放过学习的机会。你学习的态度越端正，收获越多，这些收获足以让你离优秀的自己更近一点。毕竟优秀的人都是通过学习取得成就的——一个人再有本事，没有合适的人帮衬，一定做不成大事；一款产品再好，没有合适的人发现并推介，难以做出大市场。合适的人很重要，生命中遇到合适的人，你才能做大人生的格局。

有些人可能是你的贵人，有些人可能是你的天敌。当你落井时，贵人伸给你援手，天敌投给你石头；当你登峰时，天敌扯你的后腿，贵人送给你云梯。这年头，你手头紧的时候，什么最难？借钱。肯借钱给你的人，一定是你的贵人；不仅肯借，而且连个借条都不让你打的人，一定是你贵人中的贵人。但与其等待贵人，不如让自己成为阳光、空气和水——对有些人来说，你就是包装盒、垃圾袋和废报纸，用完就被丢了；若你能被他人一生一世需要，想丢都不敢丢，那你就成了他人的阳光、空气和水。

与人相处，多实诚，少虚伪。实诚人看似愚钝，其实有大智慧；虚伪者表面聪明，实际真痴傻。世上有两双眼，一是人眼，二是天眼，人在做，天在看。这份实诚更需以沟通为桥梁：没有沟通，就没有理解；没有理解，就达不成共识；没有沟通，就没有机会，机会来自信息，信息闭塞便错过机缘。你用几分真诚对人，别人回报你的就有几分真诚，不管这个说法对不对，请先相信它——这样相处时便会多一分坦然，少一分惶惑。

不欠别人，也不欠自己，人就这一辈子，欠谁的都要还，不然下辈子都不得安宁。这辈子不结恩怨纠葛，下辈子才得云淡风轻。善念升起来，善意投出去，然后一心走路，遇风御风，遇雨驾雨。待到风雨之后，自有日月长虹悬于天际，那是生命最本真的模样：既不亏欠他人的温暖，亦未辜负自己内心的澄明。

在乎，抑或不在乎

在乎，是一种态度；太在乎，就成一种负担。你对一件事越在乎，压力就越大；越在乎，越容易失去。最洒脱的人生境界，就是不在乎。这道理人人都懂，却没有几人可以做到。若真正在乎一个人，就爱惜他，没有爱惜的在乎其实是不在乎。若真正爱惜一个人，就理解他，没有理解的爱惜其实是伤害。若真正理解一个人，就帮助他，没有帮助的理解其实是添乱。若真正要帮助一个人，就欣赏他，欣赏就是对他最大的帮助。

太在乎别人，往往委屈的是自己。走自己的路，批评和喝彩都没有那么重要。这世上没有绝对的对与错，只有逃不掉的因与果，你所做的，你的际遇，都有原因。在意了，就执着了；执着了，就浮躁了；浮躁了，就粗鲁了；粗鲁了，就掉价了；掉价了，就没脸了；没脸了，就堕落了。从在意开始，到堕落结束，不是这个世界不善良，而是自己不强大。做人做事，介于在乎和不在乎之间，这个分寸拿捏好了，才轻松自如。

生活要有滋味，太寡淡了，又为什么要生一回，活一遭呢？不是非要山珍海味才算滋味，菜根豆腐也一样有滋味。下雨的初冬之夜，沏一壶红茶，守一份安静，胜过最美的红酒和诗歌。这样的时刻，恰是体会"在乎"尺度的最佳契机——当茶香氤氲着雨雾，你会忽然明白：对某些事的执着，原来可以像茶叶在沸水中舒展般自然；对某些人的牵挂，亦能如檐下雨滴叩窗般清透而不黏腻。

那些让我们辗转反侧的"太在乎"，往往源于对结果的强求。就像捧着沙粒，越是攥紧，流失得越快。而智者的"不在乎"，实则是看清了生命的本质：蝴蝶振翅时不在乎风向，花朵绽放时不计算花期。他们并非冷漠，只是懂得在恰当的时候，把紧绷的弓弦悄悄松开。就像初冬的雨，既不会因草木渴求而滂沱，也不会因行人厌烦而停歇，只是顺着季节的脉络静静飘洒。

当我们学会把"在乎"化作滋养生命的养分，而非束缚心灵的枷锁，便会发现：真正值得在意的，从来不是外界的评判或得失的计较。就像菜根豆腐的滋味，不在食材的贵贱，而在咀嚼时涌上心头的温暖记忆；如同雨夜独坐的意境，不需红酒精酿装点，只要内心保持着对美好的感应能力。这或许就是"在乎"最本真的模样——如茶香萦绕却不着痕迹，似雨润万物而未改初心。

生活的趣味

人生的幸福之一，就是找到生活的趣味。这种趣味本身没有分别心，在她眼里没有贫富贵贱，没有性别肤色的歧视，你只要找到她，她就会开开心心向你伸出手。趣味其实不在别处，就在我们的心中，被浮尘包裹，无论处在何种境遇之中，只要你愿意轻轻拂去浮尘，趣味都会将手递给你。正如冬雨从夜晚缠绵到天明，仿若爱恋的梦既芬芳又青春，人生本可能就是与水相关的故事——有人活得潮湿发霉，有人活出云水禅意。最浪漫的事，莫过于白发苍苍时，你深爱的那个人仍愿陪你共赏落日余晖，哼唱旧日情歌，甚至拌嘴也带着岁月的温情。

活在他人目光里，挺累的；全然不顾他人目光，挺难的。在他人目光中浸泡久了，真实的自己便如褪色的水墨，渐渐模糊难辨；可若总是活在他人的视线之外，纵是神仙也难周全。这让我想起春雨与冬雪的区别：春日细雨滋养万物却易被忽视，寒冬飞雪覆盖天地反倒引人驻足。与其在他人眼中寻找存在感，不如在晨雨中赤足奔跑，让朝霞为肌肤镀金，让每个脚印都盛满星辰的碎光。

多一个人喜欢你，总比多一个人厌恶你好；多一份真挚的爱，总比多一缕刺骨的恨珍贵。爱与喜欢是心田的琼浆，恨与厌弃是灵魂的砒霜。被爱的温暖如同檐下新燕衔来的春泥，悄然筑就生命的巢穴；遭恨的寒凉却似暗夜凝结的霜刃，无声割裂光阴的锦帛。但若总计较他人眼光，便如同将生命系在飘摇的风筝线上，不如学会在风雨中自洽：我们可以活不成亲人眼里的惊喜，但至少要避免成为他们的烦恼，将生活的褶皱熨烫成诗意的纹路。

人这一世，好活赖活都是活，早逝迟逝终须逝，这是铁律却非真谛。活这一场其实不容易，若品不出个中滋味，岂非辜负了天地造化？死未必是终点，此生逃避的课题，来世未必能幸免。与其在循环中兜转，不如在当下直面：活得认真热烈，纵有缺憾也不留悔恨。若能活得这般的洒脱，便犹如老茶客品茗——既知茶终会凉，便更要细嗅此刻蒸腾的茶香。

将每个当下视作生命的最后一刻，欢愉与焦虑都不过是荷叶上的朝露。那些令人辗转反侧的偏执念头，那些使人夜不能寐的得失，在永恒的尺度下都轻若鸿毛。唯有内心的澄明与安宁，才是真正的归处。不惧无常，不惑浮沉，不困于情，不乱于心，这般境界方是至高的享受。就像雨滴选择落在春泥或冬河，都是与水相逢的故事，重要的是在坠落时折射出虹彩。

世上最精妙的活法，莫过于随心而不逾矩，率性而不失度，随缘而不怠惰。当你看透生活的本质仍热爱生活，历尽沧桑仍保有稚子心性，白发萧疏时回望来路，会发现所有的悲欢都沉淀成玛瑙，每道皱纹都镌刻着星轨。这时才懂得，趣味从来不是寻来的，而是将平凡日子过成流动的盛宴——用晨露烹茶，以暮云作画，把柴米油盐谱成交响，让鸡毛蒜皮都跳起圆舞曲。如此活着，方不负这趟人间旅程。

人生单程票

　　父母没有征求我们的意见，就将我们带到世上；时间有一天要将我们带走，同样不会经过我们同意。被动地来，被动地离开，我们勉强能够自主的只有活着的这段时光。我说勉强，是因为还有许多主客观因素干扰我们自主。如果不甘心这样被动，就请珍惜能够自主的机会吧。你可以一次次从头再来，但时间不见得同意你这样任性；也有权一回回从零开始，但生命不一定经得起如此消磨。世上从不缺从头再来的成功，也不缺从零开始的收获，但世上从来就没有真正的从头再来，也没有真正的从零开始。所谓从头再来绝不是让你回到原点再来，所谓从零开始也绝不是让你从归零开始。

　　出发就是回归，人生只有这一趟单程。是以出发的心回归，还是以回归的心出发？不同的人选择了不同的答案。因此，有人一路惶恐，有人一路喜悦，有人喜忧参半。有人清醒前行，有人驻足赏景，各有各的活法。——同一条单行道，走出千百种光影。

人在一无所有的时候，最放得开，因为他无须担心失去；人在什么都有的时候，反而缩手缩脚，因为他要时刻守护既得。有和无永远是相对的，你有了物质，可能精神虚无；你精神富裕，又可能物质上一贫如洗。因为一无所有，你的生命可能因此获得自由；因为什么都有，你人生的脚步可能因此被禁锢。这让我想起山涧的溪流，空杯时能盛满天星辉，满杯时却容不下一片落叶。

人有权利活得张扬，但尽量不要活得张牙舞爪。张扬的也许是个性，张牙舞爪就有点不知天高地厚了。尽管如此，我个人还是比较倾向外在的内敛，内心的张扬。如同深潭映月，水面平静无波，水下自有万千气象。经历很多，不代表阅历丰富；年龄增长，不代表智慧进步。语言要有力量，必须用行动来证明；善良而不被欺负，就要有搏击邪恶的勇气。

每个人都有权利找一个最舒适的姿势活着，但前提是，你的舒适不能让别人不舒服。当下，睡觉是我活着的最舒适的姿势，也许会做梦，但绝不影响别人做梦。这简单的准则，一如林间落叶的哲学——飘落时不碰触仍在枝头的同伴，腐化时默默滋养新的生命。包容不是无原则地妥协，善良不是任人欺凌的懦弱。妥协式包容，换来的也许是邪的嚣张；懦弱的善良，导致的可能是恶的放纵。以正压邪才是真正的包容和善良，就像古柏既容得下藤蔓攀附，也挡得住狂风摧折。

看破和消极是两回事，看破是主动的人生，消极则是被动的人生。看破是为了不被外物左右，主动地活，活出自我；消极实际上已经被外物绑架，生活随外物摆布，看不见生活的真谛，被生活推来搡去。人生没有草稿，落笔如同定稿，看破还是消极，决定你人生定稿的样子。

做过的事不后悔，没做的事请随缘。一切皆有定数，一切都很无常，当下呼吸，顺畅就好；这时阳光，欢喜承受。人一生最要懂得放下和拎起的哲学，不纠结地放下，不犹豫地拎起，才能真正获得快乐幸福的人生。那些在码头卸货的工人，他们弯腰时的弧度与挺直时的姿态，恰是生命最本真的教科书——该放下的麻袋绝不贪恋，该扛起的责任绝不推诿。

暮色中的摆渡人仍在来回往返，他的船桨划破水面的金箔。乘客们带着各自的行李上船，却都把最重的行囊遗落在彼岸。这单程的摆渡何其像我们的人生——带不走一片云彩，却能在粼粼波光中，看见所有放下的与扛起的，都化作天际的晚霞，将归途染成出发时的模样。

为什么不开心

　　活着，就尽情享受当下的妥帖、快乐与安详。爱都来不及，哪有时间不开心呢？让我们从不同年龄段的视角来探讨这个问题。

　　一个孩子告诉我他不开心，因为他认为妈妈要给他生个小弟弟，一定是不喜欢他了。我告诉他，你应该为这个高兴才对。孩子问为什么，我反问：你是不是很喜欢跟小伙伴一起玩？但你能将小伙伴天天带回家吗？孩子说不能。我笑了：孩子，妈妈为你生个小弟弟，你就不用想着将小伙伴带回家了，因为家里就有现成的小伙伴陪你玩，多好呀。孩子一下子开心了：我喜欢小弟弟。

　　一个年轻人告诉我他不开心。我问他原因，他似乎有点不想说。于是我开始跟他闲聊，我说，你如果失恋了，应该感到庆幸，因为那个人原本就不是你的菜。没吃这道菜，你才有机会吃到真正属于你的那道菜。你要是失业了，也应该感到庆幸，因为年轻，你还有足够的精力去找下一份工作。经历过失业的人才会更加珍惜工作的机会。

其实每个阶段的困惑都在培养我们与自我对话的能力，这正是自我教育的开端。做事不用心，事必难工；做人不用心，必不周到。就连交友，若不用心，所交之友，也必泛泛。将心比心，以心换心，才能心心相印，善作善成，善结善缘，善始善终。

一个中年人告诉我他不开心。我说你生命都花费大半了，什么没有经历过？什么事情还能让你不开心？为儿女，你没有理由不开心；为名利，你没有理由不开心；为健康，你没有理由不开心，因为不开心是健康的杀手，快乐才是健康的盟友。

一个老年人告诉我他不开心，因为他觉得自己老了，什么都干不了。我说，你这样不开心就能干得了什么吗？显然不能。但有一件事你能干却没有干。老人问：什么事？我说：你再老，微笑也能做到。微笑是一件很有意义的事情，它不仅能让你周围的世界变得祥和温馨，而且能给后来者活下去的信心。

发掘我们内心爱的种子，把它们播撒到阳光里，让所有渴望爱的眼睛发亮，让所有缺少爱的心田开满鲜花。这世上最珍贵的礼物，莫过于用真挚的心意浇灌出生命的共鸣——当孩子的童真遇见手足的陪伴，当青年的迷惘碰撞智慧的指引，当中年的积淀照见豁达的明镜，当暮年的皱纹舒展成慈祥的涟漪，每个灵魂都能在用心经营的关系里，找到属于自己的开心密钥。

一生受用的六句话

不知从什么时候开始，日历上有了"父亲节"的节日记载。其实，从为人父母开始，有哪一天是他们自己真正的节日呢？做儿女的，又有几个知道自己父母的生日呢？今天在这里重温的六句话，应该是天下父亲都曾经说过的话，只是我们没有用心记住罢了。

——作为社会和家庭的一分子，人遇事不能只站在自己的角度想问题，最起码要做到三七开：七分想自己，三分想别人。如果有一天，你遇到事情能够七分想别人，三分想自己，人生便没有过不去的坎了。

——一个人能娶（嫁）到脾气不那么坏的另一半，那是运气，要懂得珍惜呵护，要学会经营。另一半是要和自己过一辈子的人，不是不得已绝不要离婚，除非你遇到的另一半是脾气极坏、不可理喻的人。

——对待长辈要保持初心，不要轻易在感情上与其产生裂痕，一定不要介入其个人生活，特别是情感生活，因为长辈不会跟你生活一辈子，他们只是伴你一程的人。长辈有长辈的生活方式，多看其正面，体谅其负面，这个负面也许只是你以为的。

——在做任何决定之前，先深呼吸，平静三分钟。不要在气头上做任何决定，所有的决定都要在绝对冷静的情况下才可做出，不可以任性，否则会做让自己后悔的事情。

——学会理解家人，学会家庭分担。发挥好家庭主角的作用。一个家庭主角，要懂得平衡，要能够隐忍，要做到包容。男子汉必须顶天立地，这是不能推卸的责任。

——人没分量，说的话就没分量，说了不如不说。人有分量，说的话就有分量，说或不说分量都在那里。凡事从善良出发，即使吃亏也是暂时的。口莫轻开，虑必周详。

这些浸润着岁月温度的人生箴言，既是一个父亲用半生阅历淬炼出的生命火种，更是穿越时空的人性烛光。当质朴的教诲化作血脉中流淌的智慧，它不仅照亮了自己儿女成长的道路，更在无数迷途者的心田播下觉醒的种子。字句间跃动的不仅是为人处世的机锋，更是对生命本质的深刻体悟——那些关于责任与宽容的叩问，勇气与谦卑的平衡，恰似暗夜航船永恒的灯塔。

做简单纯洁的人

在我们短暂又漫长的一生中，所有日子看似重复，实际上没有一分一秒相同。正如智者所言：人不能两次踏进同一条河流。我们的行止闻见都是当下的唯一。不做难以实现的计划，生活和工作最好的状态是按部就班。不能实现的计划是空中云彩，看得见够不着，这样的计划再宏大，也不如按部就班那样实在。一桌家常饭或许不中看，但实在很中用。

在复杂的人世间做个简单的人，就是高人；在五花八门的世界里，能保持一份纯洁的人，就是高人。高人之所以稀有殊胜，原因即在此。真正的高人懂得内敛：你低一点，别人不一定将你看低；倘若你本来就低，却非要将自己放到高处，你能得到的不是仰望，而是高处不胜寒；假如你本来就高，却还能将自己放得很低，你虽然无意抢别人的风头，但风头往往全在你。做不了小人，也当不了君子——小人和君子其实都不好当。空腹看花，饱腹看呆；有人喜欢清淡，有人就是重口味，这是各自的口福，都应被尊重。

痛苦多因对成功的热衷，快乐多因对失败的坦然。所有人最终都会被时间打败，所谓成功都是相对且无常的。承认失败的无可避免，在走向失败的途中笑口常开，才是生命的真意所在。你不是太阳，不可能普照全世界；但要学习太阳，努力照耀自己和周边。当一个人有了学习太阳的动机，生发了照耀自己与周边的理想，他的精神便是阳光的，活着就有方向和劲头。

我的最大心愿是倡导人类自我教育；我的大部分努力，是为了这个倡导而千方百计影响有影响力的人。珍惜已有的获得，累积未来的福气。生命的真相恰似河流奔涌：看似重复的浪花里，每滴水都在创造永恒。当我们在晨曦中熬煮玉米糊时，在暮色里整理得失时，在暗夜中为他人留灯时，生命的质地便悄然显现。它不需要刻意标榜简单，不必强求纯洁，更无须证明高尚——那些在烟火气中守住本真的人，在得失间保持从容的人，在利己主义横行依然愿意照亮他人的人，早已将平凡的日子过成了最深刻的修炼。

那些被我们轻视的日常里，灶台上升腾的蒸汽是生命的礼赞，窗台上枯萎的野花是时光的箴言，陌生人眼中的笑意是世界的馈赠。当简单不再是口号而是本能，当纯洁褪去刻意成为自然，生命的河流便会在泥沙俱下中愈发清澈。这或许就是最朴素的生存智慧：在复杂的迷宫里保持直行的勇气，在喧嚣的剧场里守住内心的静默，最终抵达纯粹与本真的应许之地。

不生气就是智慧

智慧的人大多没脾气，脾气大的人往往少智慧。有人问我什么是智慧，我说，不生气就是智慧，不烦恼就是智慧。世上多的是聪明人，智慧的人其实难得一见。聪明人往往比愚痴的人离智慧更远，因为他们的所知障更重。这如同老茶与新芽的区别：前者经岁月沉淀愈发温润，后者虽鲜嫩却易带涩味。

世俗的成功靠才华和运气或许就够了，生命的格局则只有智慧才能撑起来。你看那些在名利场中翻云覆雨的聪明人，往往困于得失的漩涡；反倒是山间荷锄的老农，能从云卷云舒中参透无常。真正的智慧不在机锋巧辩，而在面对挑衅时保持的微笑，遭遇不公时存留的慈悲。

心若澄潭，世事便难起波澜。闲适藏在忙碌的褶皱里，优雅与粗俗本是一体两面，恰如莲花生于淤泥。我们多数的不如意，不过是心湖被妄念搅浑的倒影。那位在战火中抚琴的隐士早已参透：当手指拂过琴弦的刹那，纷飞的箭矢都化作伴奏的雨声。

人情往来藏着缘分的账本。有些馈赠是过往的余温，受之坦然；有些殷勤是暗标价码的高利贷，当速速清偿。这让我想起茶席间的礼数——接过茶盏要三指轻叩，既是对赠茶者的敬意，也是保持适度距离的智慧。欠下不该欠的情分，就像收下裹着蜜糖的砒霜。

做个实诚的智者，在虚伪丛生的世界里尤为珍贵。实诚需以智慧为铠甲，否则便如赤子怀璧行于市井。见过古董行的老师傅吗？他们既不用赝品欺客，也不让奸商捡漏，这份恰到好处的耿直，是数十年历练出的生存艺术。

得如活水，舍即开渠。终日计较得失者，恰似守着死水的池鱼；乐于分享之人，则如江海纳百川。那位总将新茶分与邻里的制茶人，院里的古井从不干涸；那个在街角免费教字的先生，皱纹里都藏着智慧的光。给予时的欢喜，本就是最丰厚的利息。

欣赏他人是修炼的捷径。你看江中行船，水涨方能船高；观人际浮沉，抬人者实则在垫高自己的眼界。优秀画工从不鄙薄任何学徒的拙笔，因为他们懂得：每道歪斜的线条都可能孕育新的画风。真正的智者，总能在拾荒者眼里看见星辰，从孩童涂鸦中悟出天趣。

　　轻慢他人实为作茧自缚。你有凌云木的挺拔，他有二月花的绚烂，本无高下之分。当你在心中为他人留出位置，自己的世界也随之开阔——这恰似推开轩窗，放进满室月辉的同时，也送出了屋内的烛光。

　　那些反复狡辩的聒噪者，恰似漏底的壶器，添再多水也烧不开一室茶香。而真正的智慧往往沉默如古钟，只在必要时刻发出清响。所以当你在俗世洪流中站稳脚跟，会发现最深沉的力量，原来藏在不争的从容里。

辑四
社会镜像

　　《家风的根基》根系深扎三脉,《别浪费潜能》中盲人学者李雁雁的故事照亮生命可能。《青春能量》在朝霞中苏醒,《在乡村行走》的稻花香与《发现之美》的露珠虹彩,揭示《人生加减法》的真谛:删繁就简处,《闲庭信步也是一生》。

淡远 于静 画

家风的根基

　　小时候在乡下，父母总在饭桌上教我做人的道理：要让着小的，敬着老的，对长辈要有礼数。村里谁家儿子不孝、儿媳撒泼，父母便指着当反面教材："切莫学这般做派。"若见着好人好事，又反复叮嘱："要学就学这样的。"他们用最朴素的农谚总结教育精髓——"跟好学好，跟叫花子学讨"。这种60后的童年记忆犹如老树年轮，早已镌刻在骨血里。

　　父母务农为生。盛夏抢收时他们教我分担稻捆，寒冬围炉时讲述"子路负米"的典故。于是我渐渐懂得，善良是心田的种子，分担是成长的养料。成年后每逢人生抉择，那些深植的品格总在关键时刻破土而出。

　　可当下多少父母正亲手扭曲着幼苗。孩童争执本是成长常态，不同的引导方式会塑造不同的性格。某日清晨，撞见小学生对早餐摊主哭诉："考砸了不是挨打就是罚写作业，他们从不好好说话。"这些扭曲的成长轨迹，就像被错误修剪的盆栽，永远失去了舒展的姿态。

家教的分野犹如泾渭，浇灌出截然不同的人性之树。正向教育培育的根系深扎三脉：一脉汲取悲悯清流，一脉追寻正义阳光，一脉伸展开朗枝叶。反观某些"小皇帝"养成记，父母将独木当整片森林供奉，最终育出自私的刺槐，非但不能遮风挡雨，反而刺伤每个靠近的人。

教养之道，是家教的枝叶在人际交往中的投影。古人重视环境育人，将善恶观深植后代心田。今人常困惑：为何苦心教子却收获失望？究其原因，教养不是单方面灌输，而是父母互为教材的互动剧场。母亲是永不谢幕的主角，父亲则是活体教具——他的担当是勇气教案，他的退缩即成反面例证。

家庭教育的方式随着时代不断演变，父母共同承担着育儿的责任。当女性执掌家庭教育权杖，教养工程更需智慧：既不能效仿旧式父权的雷霆手段，又要避免陷入新型溺爱的泥沼。某次家长会遇见两位母亲：A女士手机不离手，却要求孩子专注学业；B妈妈随身带着《颜氏家训》，与女儿共读处世篇章。十年后跟踪得知，前者孩子沉迷网游，后者孩子已成国学新秀。

心灵保洁是教养的日课。某公司HR讲述过两则案例：应聘者甲擦拭碰倒的茶杯才入座，乙对洒水视若无睹。细微处见教养，甲最终因这份体贴获得录用。工作态度亦是心灵镜像，见过地铁检修工深夜在隧道里为每个螺栓做标记，他说："想到明早百万人要乘车，手下便多三分仔细。"这种敬畏，正是家教播下的责任种子在职场开的花。

挫折应对最能检验教养成色。认识一位创业青年，公司破产时他平静清算，给保洁阿姨结清全年工资。问其从容的底气，答曰："父亲教过，输要输得脊梁直。"反观某些遇挫即怨者，恰似没系绳的风筝，稍有逆风便失控坠落。教养的绳索，早在童年分担家务时便开始编织——分担过母亲病中汤药的孩子，成年后自会懂得为他人撑伞。

教育生态链上，家庭、学校、社会本是共生关系。某中学推行"教养学分制"，将公益服务纳入考评。最初遭家长反对"耽误学习"，三年后追踪显示，这些学生不仅成绩稳居前列，更在自主招生中备受青睐。可见教养与学识本非对立，而是根与叶的依存。教育生态的结构性矛盾需政策引导，通过优化家庭、学校、社会资源分配，建立长效协同机制方能破局。

不同的家庭教育方式，塑造孩子对世界不同的认知。许多家庭都是文明的火种，我们或许正参与塑造未来的光亮。家教如根，深埋着人性最初的形态；教养似灯，照亮着代际传承的轨迹。当父母以身为范浇灌根基，当师者以心为盏传递光明，那些破土而出的生命，终将在天地间舒展成亭亭如盖的风景。

心在哪，家在哪

心在哪，哪里才是家。世上有个人的小家，有群体的大家；有地域上的国家，有灵魂里的心家。坐拥豪宅的，不一定有家；栖身寒窑的，不一定无家；四代同堂的不一定是家，孤单一人的不一定非家。家，有形也无形，对一个人来说，心在哪，哪里才是家。躺在大地某个地方，目光深入夜空的深处，我在寻找那一颗属于自己的星星。仿佛记得，曾经在星星家园留下过某种印记，才离开一天，怎么就找不着了呢？我拼命地捡拾记忆的碎片，却怎么也拼接不出原初的图案。你告诉我，那些图案已在我生命的深处锈蚀。别忘了为生命除锈，否则便找不到回家的路。

中午出门忘了带钥匙，现在一把锁将我挡在了自己家的门外。家是什么？就是一把能够打开门的钥匙。此刻，我徘徊在小区楼下，等待那把打开家门的钥匙。忽然在想：其实，所谓家，就是一把把钥匙，同一家庭的每个成员，他们都是一把属于你的钥匙，要珍惜，别丢了。很久以前，我到过无数别处，却没有找到我要的生活。一路寻找，一路绝望，除了哀怨的诗歌，没有着落的爱情梦想，我行囊空空。很久以后，我倦了累了，回到当初的原点，仿佛风回到云的家乡。生命的此处，我不再寻找，也不再绝望，每天和阳光一道启程，和新月结伴而归。他们说，生活原本就是这样。

世上最大的颠沛，是心灵的流离失所；人间最大的困惑，是心活着却找不到家园。年轻时，流浪到哪里，哪里就是家，天可当被，地可当床。中年后，我习惯了宅，宅在一个叫家的地方，挪个地方我就认床，整夜整夜地睡不着。多数时候，我们非常懵懂，看似明白，实则痴愚，并不十分清楚自己这一生到底所为何来？什么样的求索于自己有实际的意义？什么样的追求才不是梦幻？或许我们并不知道自己真正需要什么，又总是时时感到某种空缺需要填补。我们忙碌，却常懒散；我们赶路，往往南辕北辙。人生就这般左右为难。

在思想中行走，夜晚不再安静。一种听不见的喧嚣，从生命的深处涌起，身体此刻轻如薄薄的灯光。风起了，吹走又吹来一些星星，吹明又吹暗了一轮月亮，吹醉又吹醒了我。拨开一两处云层，挪开一两颗星星，孤独依旧无从安放。我的家园或许并不在这一重，重天之外的重天，引领灵魂踏上归途。以旅游的心生活，脚下就是景区；以生活的心旅游，何处不是家园？那些在异乡旅馆的窗台上养薄荷的人，那些将行李箱装满故乡泥土的人，都在用不同的方式证明：家的边界从来不在砖瓦之间，而在心弦拨动的瞬间。

家有万金，抵不上阳光一缕；纵握权柄，哪如掬一捧心闲？名播寰宇，也不过一床一饭。爱财而不暗求，喜权而能顺势，好名而易满足。得之不喜，失之不忧；来者不拒，去者不追，乃人生真智慧。就像此刻凝视小区楼下的门锁，忽然明白那些被遗忘的钥匙，都在提醒我们——最珍贵的家门从不反锁，它永远为敞亮的心扉敞开。

当暮色漫过晾衣绳上最后一件衬衫，归巢的麻雀在空调外机间跳跃。某个瞬间的悸动突然涌来：阳台上枯萎的绿萝抽出新芽，信箱里积灰的明信片字迹晕染，这些细微的迹象都在诉说同一个真理。所谓家园，不过是无数个"此刻"的叠影，是灵魂愿意停泊时，随处可生的锚点。

家是心与空间的共鸣，既需内心的安宁，也需一隅可栖身的屋檐。

人生的方向

从不间断的自我教育中，我获益甚多。在行将堕落的时候幡然醒悟，在遭遇绝望的时候重拾信心，在痛苦缠绕的时候找到快乐，在取得成绩的时候不失清醒。我这一生没有什么值得称道的地方，唯一聊以自慰的是在岁月的磨难中懂得了自我教育。我因此常常暗自庆幸，感恩曾经的一切，也感恩我自己。

有人因此以为我无欲无求，问我何以能够做到。我说，其实，我有欲，也有求，所幸还有度。不间断的自我教育使我懂得：一个人可以有欲有求，但不可以放纵欲求。

有人问我：你曾经后悔过吗？我说，我从不为此生做过的任何一件事情后悔。即使真的做错了什么，我也绝不后悔，因为我知道后悔没有用，但我会通过自我教育从错误中总结教训，力争不再犯同样的错误。就一生而言，人生中的许多经历都是初次体验，犯错在所难免。错了就改正，无法改正的就吸取教训，后悔什么呢？

也有人曾这样问我：你究竟是个什么样的人？我说我是个不好不坏的人：既善良，又龌龊；既勇敢，又怯懦；既慷慨，又小气；既自信，又自卑；既有担当，又很怕事。我的不好不坏，有来自内心的本能，也有来自家庭和社会的影响。正因为不好不坏，所以才崇尚不间断的自我教育和心灵净化。

平凡如我，怎么能不受外物影响呢？庆幸的是，在自我教育面前，任何外物影响都是转瞬即逝。自我教育是提升心性的重要途径之一，与他人的互动和实际历练相辅相成。其实，人最大的本事，不是做多大官，干多大事，出多大名，而是懂得自我教育。懂得自我教育的人，面对任何事情，都能找到平复内心的办法，既不会乐极生悲，也不会一蹶不振，自我教育赋予他的自我调节能力，能够帮助他解决人生中遇到的诸多问题。他在红尘中，但不会被红尘掩埋；他很平凡，却能跳出自己看自己。

许多人类问题与心灵状态密切相关，而心灵成长既需自我教育，也受环境与制度的影响。心灵问题，说到底是自我教育缺失的问题。解决人类问题，要从解决心灵问题入手，要解决心灵问题，就必须大力倡导人的自我教育和社会的自我教育。若家庭教育的根基不够稳固，加之外部环境的影响，人们内心的善念可能被遮蔽，负面情绪也随之滋生。若忽视心性培养，一个人未能从家庭教育中建立稳固的心性，面对复杂环境时，便容易失去方向。

即使是积极乐观的人，也可能偶尔陷入懈怠或落寞的情绪。世上除了少数智者，谁还没有个情绪低落的时候呢？懂得自我教育的人，最终都能从阴霾中走出来，那些被阴霾永远吞噬的人，问题可能就出在不懂自我教育。人可以平凡，但不可以缺失自我教育，自我教育是人生最重要的根基。

因为自我教育，我们才能在世俗洪流中保持一份清醒，因为这份清醒，红尘的历练，也就成了心性的磨刀石。

别浪费潜能

李雁雁读大学的时候患青光眼失明，多彩的世界从他的面前消失了。经历短暂的沉沦之后，李雁雁开始在逆境中奋发，自学盲文，为自己开启另一个多彩的世界。10年后，他渡海东瀛学习针灸，学成之后，又自费远涉重洋，到美国的一所大学学习脊椎矫正医学。经过20年的自强不息，李雁雁穿越黑暗，最终实现了一次人生的登顶，成为国际整脊学领域罕见的盲人学者。

我和李雁雁有过数次接触交流，他给我的印象是：自信、达观而幽默。我们有几位共同的朋友，他们有的是和李雁雁一起长大的同伴，有的是在李雁雁刚失明时陪他一起度过人生难关的至交。和这些朋友的每一次闲聊，李雁雁都是不可或缺的主题之一。他们中的每一个人都能随口说出关于李雁雁的某个鲜为人知的故事片段。譬如，孩提时代的李雁雁是如何聪明伶俐，譬如上大学后的李雁雁是怎样意气风发，譬如失明后的李雁雁焦躁不安、心灰意冷到何种程度，又譬如，李雁雁在他的留学生涯中经历了哪些常人难以承受的艰辛。将这些故事片段拼接起来，一个励志者的形象便在我的眼前栩栩如生。

在许多人看来，李雁雁的事迹就是一个盲人的励志故事，和这个世界上所有的励志故事一样，带给人们精神层面的滋养。这样的看法我当然同意，但我认为李雁雁的意义并非仅此而已，我更愿意将李雁雁看成一个人类潜能开发的经典故事。

可以这样设想，如果李雁雁没有失明，能够顺顺利利地完成大学学业，他或许会跟大多数大学毕业生一样，走上工作岗位，从此过一种按部就班的生活；也或许他会考上研究生甚至博士，但他所做到的一切，许多常人也有可能做到。若是这样，李雁雁或许永远不会知道，他还能做到许多常人做不到的事，他的一部分潜能也许就会在不知不觉中被浪费掉。事实是，因为失明，他被逼无奈，只好最大限度地发掘自身潜能，最终做到了很多常人做不到的事情。

我手头有两本李雁雁送给我的书，一本是他的医学专著《美式整脊疗法》，一本是他的自传《逆境》。这两本书互为印证了人类潜能的巨大。前一本为人们展示了李雁雁发掘自身潜能的成果，后一本告诉人们他正是靠着自身潜能的发掘，才完成了一个盲人不可能完成的人生任务。

你我皆有潜能，不去发掘，我们永远不知道自己的潜能到底有多大。有些人的潜能被发掘出来，是因为人生的某种机缘，就像海伦·凯勒在聋盲双重障碍中开创教育先河，类似案例印证了潜能开发需要内外合力。有些人的潜能被发掘出来，是因为被命运所迫。李雁雁应该属于后者，如果他不失明，中国可能就会少一个盲人医学博士。获得机缘或者被命运所迫，才去发掘自身的潜能，是一种被动，因为这种被动许多人白白浪费了自身潜能。既然有潜能存在，我们为什么不去主动发掘呢？这是一个值得思考的命题。如果有一种发掘自身潜能的自觉，我们的人生可能和现在大不一样。

李雁雁在逆境中的奋斗展现了人类潜能的巨大可能性，只是潜能的开发需结合个人特质与外部支持。

青春能量

　　透过车窗的减速玻璃，我看见道路在急速后退。这样的场景有点意思，我忽然明白了一个道理：前进和后退原来是同时发生的。一直以为，我们的老去是因为时间的流逝，其实这是错的，时间犹如道路，在我们成长的同时，它渐渐退去了。我们正无可挽回地老去，那又怎么样呢？我不怕老，一个人经历老，其实是上天的垂爱，不是所有的人都能亲历自己的老。年轻时，我对这个世界贡献了；老去后，我也没有资格给这个世界添加负担。于我而言，老不是修炼的结束，而是精进的开始，就这样。

　　青春的能量可以长久留存于心。有的人未老先衰，有的人鹤发童颜。一个人是否充满活力，既与心态中的青春能量相关，也需兼顾身体与年龄的平衡。青春的能量可借心态延展，而接纳年龄的增长也能沉淀出从容的智慧。我打开心门，让收藏的旭日点亮朝霞，为这场青春的赛歌会璀璨舞台，我也想亮亮嗓子，看看那年的激情是否还在。青春散发着一种浓烈的芳香，即使你离青春已远，远到再也看不见她的踪迹，但那种芳香依旧隐隐跟随着你，让你在某种情境中不经意地被她迷醉。这就是青春的魔力，似酒如烟，容易让人上瘾，且一旦上瘾就难以戒掉，你不知道什么时候会犯瘾，会为之涕泪交加。

　　心中总有一轮旭日的人，他的生命就是早晨；灵魂中总有鸟语花香，他的人生就在春天。谁是你的旭日，谁是你的春天花园，谁就是岁月的精灵，谁就是青春能量，你拥有了，你就青春万岁。即使我们已老，但青春从未离去。他年的远方，如今的脚下，花儿在微曦中依然怒放，还有珠露里的容颜。难怪窗外的鸟儿叫得那么青春，调子比梦想还高一点，旋律都是诗歌的味道，原来这是一个属于青年的日子。

　　我不能接受的是老而无用，老而愚痴，老而不能觉悟。正如朝阳永不会真正沉没，它只是在地平线下积蓄能量；青春也没有消逝，而是转化为另一种存在形态。当道路在车窗里后退时，前方总有新的风景正在展开；当时间从指缝间溜走时，永恒的诗意正悄然沉淀在生命的褶皱里。那些被晨露浸润过的记忆，那些被鸟鸣唤醒的激情，终将成为穿越岁月长河的星火，在白发间闪烁，在皱纹里流淌。

命运是个借口

　　命运并非全然可控，但个人努力能极大影响人生的走向。有人问我是否相信命运，我说当然相信。命运是境遇交织，命是先天的土壤，运是后天的耕耘。生为王侯将相还是寒门子弟，生于膏腴之地还是不毛之域，这种先天的环境既不能选择，也难以改变。但后天的环境却是可以改变的，能否改变，内因全在个人。今天的样子，是昨天就定好的；明天的样子，由今天来决定。你是什么样子，大半还是取决于自己，运气和命运都不过借口而已。

　　云霓在天美若轻纱，落地便化作零落的尘烟。你是什么，就看你在哪里。正如良材美质各有其用：本是栋梁之材，充作灶间薪柴实属暴殄；若本为烧锅之柴，强作顶梁之柱必致栋折槟崩。这世间最可悲的，不是明珠暗投，而是错把鱼目当珍珠；最可叹的，不是生不逢时，而是错将瓦砾作金玉。人贵有自知之明，认清本真，做好分内，此生方能适得其所。那些被命运重锤击打却未变形的心灵，那些遭尽千般磋磨仍保持光亮的灵魂，他们用血肉之躯丈量着命运的经纬，以精神之火熔铸着人生的圭臬。

王孙不肖可能沦落市井，寒士奋发亦可显达世间。上天若垂青某人，赋予其重要使命，绝不会令其平平常常活着，或令其历经大喜大悲，或使其遭遇大起大落。至善至恶皆臻极致，享极乐亦受极苦，这种剧烈的命运震荡，恰是锤炼生命的铁砧。你的承受力就是你的命运，若要更好地把握命运，需对自己的承受能力心中有数。上天若爱你，只予你可承之重；上天若弃你，必降你难荷之负。当你说"无能为力"时，或许尚未拼尽全力；当你叹"错失良机"时，可能正与转机擦肩而过。

追求目标，享受过程，方能体悟奋斗真谛，领略生命况味。寒门之子的突破展现了命运的可塑性，而结构性困境的化解仍需社会合力。从这个意义上说，笑到最后的未必是真正的赢家，能在任何境遇中都保持微笑的人，才是人生真正的胜利者。他们懂得命运的馈赠都有标价，明白生命的价值不在索取而在承担。承受力的边界在苦难中拓展，生命的韧性于磨砺中生长，毕竟命运这张考卷的答案，永远写在拼搏者的掌纹里。

　　当我们在废墟中栽种玫瑰，在暗夜里点燃星火，便会发现所谓命运的安排，不过是考验者抛出的谜题——答案永远藏在破局者的眼睛里。生命的价值从不在于被赋予何等剧本，而在于如何将既定的台词吟唱成独特的诗篇。

人生加减法

生命的最佳营养是开心，精神的最佳补给是快乐，灵魂的最佳状态是自在。这种境界如同冲泡陈年普洱——当茶水在杯中流转时，所有的技法都已隐去，唯余茶与水本真的交融。我们毕生所求的，不过是让心灵如舒展的茶叶般，在时光中沉淀出醇厚的滋味。

善良是由内而外的美，真诚是由此及彼的感动。永葆真诚和善良，人生自会如古琴流韵——弦外之音往往比刻意弹奏更动人心魄。

用对人生加减法，方能在纷扰中觅得平衡。思考当如春蚕吐丝层层叠加，言语则需效仿篆刻去芜存菁。快乐是山溪欢歌，汇聚成河更显壮阔；痛苦如秋叶飘落，清扫可获洁净，任其腐化能肥沃土地。那位作画的老人，将恶念化作调色板上的灰暗底色，再用善念的笔触勾勒出绚烂霞光。这般智慧，恰似太极图中的阴阳流转——增减之间自有天地。

心若辽阔，天地便成无垠画卷。曾见敦煌画工在方寸洞窟描绘大千世界，亦见茶农在陡峭岩壁种植云雾茶。他们的眼界从不困于尺寸之地，而是将险峰看作阶梯，视绝壁为画布。欲得自在人生，当学江海纳百川的气度——浪涛拍岸时不失从容，风平浪静时积蓄力量。

敏感的心留给晨曦中的蛛网露珠，愚痴的心应对阴沟里的蝇营狗苟。那位在拆迁废墟抢救古砖的学者，能从残瓦断片中读出唐宋风华；而讥笑他迂腐的包工头，眼里只有钢筋混凝土的价码。对世如对镜，你投以微笑，世界便还你春风；你若蹙眉，生活自降寒霜。

清晨的市声可谱成交响。卖豆浆的吆喝是定音鼓，自行车的铃响作三角铁，油条入锅的滋滋声恰似弦乐轻颤。若将鸟鸣听作争吵，便辜负了自然的馈赠。关照六根如同打理茶园：眼里存着新芽的翠色，耳中留着山风的私语，鼻尖萦绕晨雾的湿润，舌尖品味春茶的甘洌，这般日子，处处皆是天堂光景。

忘掉施与的善举，如同大树不记落叶归处；铭记受赠的恩情，恰似种子不忘泥土滋养。那位匿名捐助贫困生二十载的企业家，至今不知自己改变了多少命运，却总记得儿时邻居送来的一碗蛋炒饭。真正的善意不求回报，如同明月照耀山河，从未索要半分银两。三利人生如同永恒之火：利己是火种，利人是薪柴，利世则为光热。那位研发胰岛素的科学家，既治愈了患者的病痛，也实现了自我价值，还让更多患者受益了。平常心是火候，悲悯心是焰色，平等心则是永不熄灭的灯芯——三者兼备，方能在人间炼出真金。

未曾穿越绝望的幽谷，怎识希望之光的珍贵？那位在地震废墟埋压79小时的教师，如今在讲台上每句话都带着重生的力量。生命的壮美恰似黄果树瀑布——落差愈大，飞溅的水花愈显璀璨。深夜痛哭的褶皱，或许会在熹微中渐渐舒展为智慧的纹路。

梦想的霓虹终会褪色，生活的本味常在清粥小菜之间。见过名厨退休后醉心腌菜，也遇过富豪晚年沉迷根雕。他们懂得：绚烂如同茶水表面的浮沫，平淡才是杯底的沉香。能在阳春面里吃出山海之鲜，于粗布衣上织就云锦纹样，这般境界，方是参透了加减法的真谛——添一分则腻，减一分则寡，恰到好处才是生命的圆满。

快乐的能力

　　在简单中找到快乐是一种能力。若你拥有强大的快乐能力，生活中的多数困扰都难以动摇你的心境。正如山泉不会因顽石阻路而停止歌唱，野花不为无人欣赏便放弃绽放——真正的欢愉既源自生命本真的涌动，也离不开与外界的和谐共鸣。那位总在菜市场抹去零头的摊主，那位甘愿被孩童"骗走"糖果的老翁，他们的"糊涂"里藏着通透的智慧。正如茶水过浓则苦，人若留三分清醒七分醉，方能在人间这场大戏中品出真味。

　　譬如茶人对待茶水的智慧：既沉醉于氤氲香气，又超然于得失计较。心思如茶筅搅拌后的抹茶，过分纠缠便起浮沫；心如晒场的老石磨，苔衣斑驳却纹路清晰，碾过麦粒时仍能筛出金黄的光芒。那些背着沉重行囊登山的人，永远无法触摸云海的柔软——生命的轻盈，始于懂得在峰顶卸下偏执的包袱。太精明的算计是生活的砂砾，磨损灵魂的罗盘，正如那些机关算尽的"聪明人"，他们的锱铢必较恰似暗夜中的萤火，反衬出简单者的从容。

快乐着别人的快乐也是快乐的一种。那些见不得他人欢欣的面孔，终将在嫉妒的褶皱里丢失自己的笑容。学会为邻家的蔷薇喝彩，你的窗台才会迎来更多驻足的目光。分享的奥妙恰似山间的晨钟：当第一声震荡唤醒山林，群山便以连绵的回响将其酿成天地共鸣。那位在村口分糖的老者最是明白：掌心递出的甜蜜，终会化作心田的暖流回环。选择在算计的荆棘丛中披荆斩棘，便注定与林间小径的野菊清香无缘。

我宁愿做太湖石间的苔藓，在精明者不屑的角落，织就属于自己的翡翠绒毯。这种选择本身便是对快乐本质的诠释——它不需要璀璨夺目的舞台，也不渴求世人瞩目的掌声。就像山泉自顾自地流淌成歌谣，野花在无人处依然绽放如诗篇，真正的快乐从不在得失的天平上摇摆。当我们在古井般的心境中照见星月，在卸下偏执念头的山巅触摸流云，便会懂得：生命最珍贵的馈赠，往往藏在那些不曾精心计算的瞬间。

茶水里浮沉的叶片终将沉淀，正如岁月会淘洗掉所有伪饰的欢愉。那位抹零头的摊主皱纹里荡漾的笑意，老翁看着孩童攥紧糖果时眯起的眼睛，都在诉说着同一个真理：快乐原是心灵最本真的颤动。当我们停止用算计的砝码称量世界，停止用得失的尺规丈量人心，生命的泉水自会在心田淌出清亮的歌。

在乡村行走

初秋江南的早晨，凉凉的、清清的、绵绵的、甜甜的，令人陶醉。在这样的早晨出发，去山里，去乡间，和农民一起闻稻香，话桑麻，是一件多么惬意的事情。

乡间的早晨和城里的有什么不一样？天亮早一些，因为没有高楼遮挡；秋风软一些，因为怕惊散了炊烟；人也爽朗一些，因为视界更加高远。朝霞鎏金的大地活色生香，鸟鸣划破的天空七彩斑斓，你的脚步没有羁绊，你的思想无边无涯。灵魂飞跃，生命畅达，仿佛在人生的原点再次出发。

鸟儿们在树丛里自由自在地飞来飞去，随心所欲地唱着歌。以这样一种无忧无虑的方式迎接天亮，享受旭日和朝霞创作的早晨时光，那份惬意，简直无与伦比。像晨鸟那样活着，远离内心的黑暗阴郁，拥抱灵魂的云淡风轻，多好！

离土地有多近，对农民就一定有多亲切，除非你天生就是一副铁石心肠。当农民笑呵呵地指着一片长势蓬勃的庄稼说："瞧，那是我家的"，你不为他们的高兴而高兴吗？当农民皱着眉头告诉你："不到收成的那一天心放不下来呢，希望风调雨顺"，你能不为他们的希望而希望吗？

深山中，还能偶尔看到一两个古村落，且不论文化的积淀，单说建筑风格，也不是现代村落可以比拟的。现代村落的建筑大多七零八落，随意布局，牛头不对马嘴，而古村落多数讲究整体布局，依山就水，恰到好处不算，建筑风格也力求大体一致，从各个角度看都有不同的美感。

在乡村行走，你的思绪总会莫名回到田园牧歌年代，你会发现自己虽然离开乡土多年，但灵魂依旧落在那个孕育你人生初年的地方。你终于明白，在城市的光怪陆离中无端寂寞，没有归属感的原因了。此刻，你置身乡村，却再也找不到回家的路，内心仍然充满深重的漂泊感，因为记忆中的村庄早已不在。

早年，我离开代课的学校，又一次面临人生的十字路口。不知道等待我的未来是什么，我也压根儿不知道往哪里去。想过回家种地，但那个家里已没有我的栖身之地，这还在其次，关键是我实在无法面对父亲恨铁不成钢的眼神。尽管如此，我并未绝望，依稀感觉在不确定的前路依然有隐隐的光亮。

那么真切地梦见了你，故人，老屋，往事，沉睡的深情。从没有忘记，一直被收藏，融进了气血里，生命的细节中你无处不在。晨歌，朝霞，旭日，这些与我灵魂血肉相连的事物，根须深插在你的世界里，并因你而茂盛。内心上善和爱的种子，由你所播，正能量因你而起，我的一生无可挽回地与你相契。

时光似乎可以淘走人生中的所有遗憾，我说似乎，是因为我发现，岁月愈远，有一种遗憾愈是刻骨。那是一种青涩情怀，因为年少的懵懂，错过了表白。那是一种迷醉的情绪，因为无知的胆怯，错过了释放。这些一直深藏心中的秘密和勇气一起疯狂地长大，直至令我窒息。无数次想找回从前，却再也回不到那年那月。

怀念早年乡下的旧时光，在那里时间是多余的，没有人一定要掐在某个钟点上做什么事，人生有一种淡泊中的悠闲。屋檐下的雨帘，你可以看整个下午，青石板上的蚂蚁，你能观察半个时辰，枣树开花是大事，母鸡下蛋是喜事。那时的日子是纺车转出来的，是镰刀割出来的，是锄头刨出来的，带着泥土的温度和植物的呼吸。

走在田埂上，稻花沾上衣襟的痒意让人莫名心安，像祖母用芦花掸子轻扫肩头的灰。弯腰抚摸沉甸甸的稻穗，指尖传来阳光烘焙过的温度，谷粒里封存着整个夏天的雨水和蛙鸣。远处传来老牛悠长的哞叫，声音在空旷的田野上荡出涟漪，惊起的白鹭掠过天际，翅膀驮着金箔般的阳光，在蓝天上写下转瞬即逝的诗行。

暮色四合时，炊烟在黛色屋顶上织就轻纱。灶膛里跳跃的火光映着老人沟壑纵横的脸，铁锅里沸腾着新摘的青菜和腊肉，香气顺着门缝游走，与归鸟的羽翼相撞，碎成满天星子。这样的时刻，你会突然懂得"岁月静好"四个字的分量，它不在精装的典籍里，而在粗瓷碗沿的热气中。

溪水依旧在村口潺潺流淌，只是洗衣的青石板寂寞了许多。从前这里飘满捣衣声和笑语，女人们交换着家长里短，孩童们追逐打闹溅起水花。如今石板缝里长出青苔，倒映着匆匆掠过的云影，只有不知愁的鸭子还在梳理羽毛，偶尔抬头望着陌生的来客。

水塘边的台阶还在，塘水依然清冽甘甜，水面漂着几片黄叶，像写给天空的信笺。俯身掬水时，忽然在水面看见自己鬓角的白发，恍惚间与四十多年前低头戏水的少年身影重叠。原来时光从未走远，它只是化作塘边的水草青苔，悄然生长。

田间的足迹

三十年前，我在老洲中学当代课教师。这是一所乡村中学，校园后面就是大片的田野。春天，这片田野上生长的主要是小麦和油菜，小麦和油菜收割之后，接茬的是棉花，也种些花生和山芋等其他作物，但都是零星小块。

那时候我处在青春的彷徨期，虽然不缺梦想，却一直找不到现实的落脚点。工作再出色，也常被视为临时角色。每月薪资微薄，仅够勉强维持生计，捏在手里花，还是不敷家用。

我是一个有自知之明的人，自己没有社交的成本，就索性不往人堆里扎，不是我不合群，而是不想在不属于自己的圈子里自讨没趣。课余时间，我沉浸在诗歌王国里，读普希金、雪莱和戴望舒。读诗之余，就是写诗，当然是写得多，发表得少，尽管我自知通过写诗改变命运不切合实际，但我还是常常难免做做这样的非分之想。

春夏天的傍晚，我喜欢到校园后面的田间小路上散步，每次都是形单影只。初春时节，越冬的小麦油菜刚刚缓过劲来，长得就像营养不良的黄毛丫头似的，也没什么好看的。我就一边闻着泥土味儿，一边漫无目的地行走，心中是一片索然的落寞。

转眼就是仲春，不知不觉中，油菜花就开成了花海。走在花丛中的小路上，我偶尔也会为某一朵开得有点特别的花而激动，但那种激动瞬息即逝。心境忧郁的人，眼里并没有多少美，即使油菜花开得再好看、再壮观。

夏天茁壮成长的棉花自有一番景致，但吸引我去田间小路散步的却另有原因，我内心里有一种巨大的忧郁需要排泄。这样的傍晚田间散步我持续了六年，直至六年后我离开老洲中学，内心的忧郁不仅没有得到排解，反而越来越巨大，撑得我无法呼吸。

近年我开始探究生命的智慧，一位研究者对我说，所谓生命的智慧便是，吃饭就一心吃饭，走路就一心走路。想想自己当年傍晚时分在田间小路上的散步，真是浪费生命。闻道要有机缘，虽然我闻道晚了，但还是值得庆幸，因为我知道，自己的生命中依然还有供我散步的田间小路。

发现之美

美是用来发现的，没有发现，就没有美。我们虽有一双眼睛，可惜只能向外看，无法向内看；我们虽有一张嘴巴，可惜除了吃饭也说是非；我们虽有两个耳朵，可惜只喜听赞美不愿意听批评。是人就有局限性，要超越这个局限，你就得练就一副内视、内听和止语的本领。请每天用一点时间来沉默，来观照内心，倾听一会灵魂的声音。

人在遇到挫折和不如意的时候，大多会不由自主地想起自己的老家和童年，回忆中总是充满着安谧和美好，甚至会油然升起一股想回去的念头。其实，那不过是一种寄托性的回忆，真正的老家和童年也许很糟糕，只不过经过岁月的打磨，变得有些诗意，潜意识里被当作避难所了。

　　星辰之美，在于它的恒定；人生之美，在于它的无常。星辰以光亮证明自己的存在，而人生之美却在于自己有限的过程。重复的日子总是让人倍感无味，殊不知生命这么短暂，实际上并没有一个日子是真正重复的。生活的真谛，生命的真相，灵魂的愉悦，就在这看似重复的日子之中。

　　譬如旭日之美，朝霞之美，晨露之美，鸟鸣之美，如果被忽视，她们再美也只能孤芳自赏。感谢那些发现美、记录美、描摹美、传递美的人吧，他们比美本身更值得人们尊重。每个早晨都是全新的开始，梦想自由成长，翅膀任意飞翔，你所遇见，都是微笑的花朵；你所获得，都是上善和爱的温馨。像那衔来朝霞的雀鸟，用翅膀划破天际的沉寂，将温暖送入惺忪的窗棂——美既在感知者的眼中，也存在于万物本真的姿态里，发现它需要心灵与世界的对话。

　　心灵缺席了善美，生命便暗淡了光芒。旭日照不醒你，朝霞也给不了你灿烂。若缺乏内心的澄明，即便身处光明，也难辨前路。生活再艰难，人间再复杂，都不是你放弃心灵保持真善美的理由，请一定别让它在你的生命中缺席，否则，你的翅膀就会湿漉漉，再也无缘晴朗的早晨和辽阔的天空。不要轻易在心中打结，结打得越多，生命就变得越短；结打得越久，就越解不开。快乐和大海一样辽阔舒展，幸福和天空一样广袤无垠，太阳和月亮从不打结，永远沿着自己的轨迹运行，快乐和幸福，化成光线，照亮世界，诗意你我。新的一天又将开始，让我们舒展辽阔起来，和旭日一起前行。

我知道这一生很短，不能为你做我想为你做的一切，但我一定会尽我所能，不遗余力。爱你，就为你奉献，从不计较，也无怨无悔；爱你，是我的事情，与你无关，哪怕一次次与你擦肩而过。我认识你就可以了，你不必非要知道我，一辈子为你牵肠挂肚，我愿意，同样与你无关。你是谁？你就是我的文字智慧。那些被笔尖捕捉的晨露，被墨迹浸染的晚霞，被诗句编织的星光，都在诉说着发现者与美的共生关系——当我们凝视世界时，世界也借我们的目光重新诞生。

你看那春燕掠过屋檐，翅膀扇动的弧度与柳枝摇曳的节奏浑然天成；你听那山泉叩击鹅卵石，叮咚声里藏着千年岩层的絮语。这些细微处的美，如同沙砾中的金屑，等待有心人俯身拾取。而那些将美从尘埃里捧起的人，他们用镜头定格转瞬即逝的光影，用画笔留住季节更迭的私语，用文字镌刻时光流淌的纹路——正是这些执着的传递者，让美得以跨越时空，在无数人的心间生根发芽。

所以，别再说人间不值得。当你在暮色中驻足，看晚风将蒲公英的絮语送往远方；当你在雨后天晴时抬头，发现彩虹竟与自己的影子重合；当你翻开旧相册，突然读懂母亲年轻时的笑容里藏着怎样的温柔……这些瞬间的震颤，都是美在叩击你的心门。

它不需要你跋山涉水去追寻，只需你放下心中的成见与焦灼，让灵魂的触角重新变得敏锐。

美是用来发现的，没有发现，就没有美。从晨雾中第一缕穿透云层的阳光，到深夜里最后一片不肯坠落的银杏；从孩童指尖颤巍巍托起的蝴蝶，到老人皱纹里流淌的岁月故事——这世界的每个褶皱都藏着美的密码，而发现的眼睛，终将让平凡的日子闪烁出诗意的光芒。

闲庭信步也是一生

　　生活简单点，精神丰富点，日程不要太满，有点空闲时间，慢得下脚步看景，静得下心来品茶，这是我最喜欢的人生方式。人生三万多个日子，哪一个日子都是唯一，都值得细细品味。走马观花是一生，闲庭信步也是一生，就看你要哪一种。度过了一个闲散的日子，我忽然明白：闲散才是真正的生命炼金术。如果没有心的闲散，诸多劳形的努力都是无用功。你再努力，得到的无非是人生的原矿。没有闲散，不能成金，一堆原矿的价值便极其有限。你懂闲散吗？你会闲散吗？你有过闲散吗？

　　匆忙赶路的人，生命中没有季节，人生里只有事务。我不喜欢快生活，或许有体重的原因，这理由很牵强，尘烟路上不乏胖子，我只不过比一般人壮实些罢了。步子慢下来，其实是想看云卷云舒，观斜阳落日，赏春花秋叶，就是做做白日梦，发发呆也是一种惬意啊。这一生时光已定，与其囫囵吞枣，不如慢慢咀嚼。正如人来世上一遭，非常偶然，你没有必要和这个攀那个比，更没有必要这里争那里夺。人会离去，这是必然，一生只有几万个日子，你再风光，你再富有，也换不来更多的日子。将属于自己的日子过安稳，将属于自己的一生过快乐，这才是生活的要义。

做一个善感的人，但不要多愁。善感快乐，就可以远离痛苦；善感喜悦，就可以忘却忧愁。保持一颗对快乐喜悦敏感的心，生活便闲庭信步，人生就云淡风轻，灵魂的正能量就会时时充盈。这样的心境，在某个暮色四合时尤为清晰——当最后一缕阳光斜照在茶盏边缘，浮动的茶毫仿佛时间的尘埃，此刻连呼吸都成了与宇宙同频的韵律。

那些向早高峰的地铁狂奔的身影，那些在会议桌前不断刷新的日程表，都在印证着时代的加速度。可总有人会在梧桐树下驻足，数清一片落叶的脉络；总有人会在菜市场里停留，听卖豆腐的老翁讲述三十年前的霜降。他们不是时代的落伍者，而是生命的解读者——快与慢本无高下，重要的是找到属于自己的时区。

此刻泡开今年的明前茶，看蜷曲的叶片在沸水中舒展，忽然懂得所谓闲庭信步，不是对光阴的挥霍，而是对生命的萃取。就像古法熬制的麦芽糖，急火会焦苦，文火方得琥珀色的澄明。我们总在追赶中遗失了本味，却忘了最珍贵的甘甜，往往诞生于恰到好处的等待。

　　闲庭信步也是一生。当夜雨叩打窗棂，合上未读完的书卷，任思绪随檐滴起舞。那些被都市霓虹模糊的星辰，此刻正在云层后温柔闪烁。原来生命的丰盈不在填满每个缝隙，而在留白的艺术——给月光留一扇窗，给清风留一道缝，给心灵留一片可踱步的庭院。

根脉里的光

铜钥匙在树根下生锈，锁孔里长出了我的指纹。母亲浣衣的棒槌声在石片墙基上反弹，将初生的啼哭声织进棉纱的经纬。老屋人字梁的裂缝里，二十年前的蛛网仍悬着乳香，每根游丝都拴着未及降世的魂魄。我蜷在褪色的摇车里，听见梁上燕巢传出过往遗落的呢喃。

坍圮的荒冢在梅雨季泛起微光，青苔在苦楝叶上誊写碑文。金家兄弟的足印踏过处，满地都是岁月的痕迹，树的年轮正渗出琥珀色的纹路——那些过往的足迹，此刻在时光中悄然浮现。

五更天的棉田浮着未蒸发的星群。青棉桃裹紧的秘密比露水更重，小径在曙光中舒展成解开的绳结。我拾起母亲遗落的采棉袋，内衬的补丁上还粘着三年前的乳香。饥饿在胃里煅烧出晶洞，每个孔穴都回荡着苦楝林的私语：棉铃虫啃噬叶脉的沙沙声，原是大地在默诵生命契约。

金老大碾药的石臼里沉睡着半轮月亮。那些被碾碎的月光渗进龙沟，每到子夜便随逆流的水汽攀上窗棂。姐姐的发辫垂在捣衣石上，发梢沾着的不是晨露，月光在苦楝枝头结的霜。我们并排仰卧在盛夏的晒场，看流星划过人字梁的夹角——它们坠落的轨迹，恰似母亲当年遗落的银顶针滚过青砖缝。

大雪封门的腊月，苦楝树的枯枝在寒风中折断，裂口处渗出的树胶凝成琥珀色，像极了父亲年轻时修补犁铧的松脂。祥子爹凿冰取水的镐尖，在冰面刻出龟甲纹路——那些裂纹在春日消融时，将化作棉田最早的墒情预报。我蜷在灶膛前数火星，突然读懂母亲眼里的火光：灰烬深处，永远埋着未燃尽的棉桃。

红出嫁那日，苦楝林飘起褪色的雪。她鬓角的野菊沾着龙沟水汽，盖头下漏出的药香织成迷阵。送亲的唢呐声惊飞宿鸟，它们翅尖抖落的绒羽，在弯梧桐树顶结成新的星图。我攥着褪色的采棉袋站在岔路口，突然听见地脉深处传来迁徙的鼓点——那些被石片墙基压着的根须，正以百年为刻度，向着星图指引的方向潜行。

今夕龙沟水漫过老墙根，铜锈在倒影里开出蓝花。母亲浣衣的棒槌沉在青苔下，每道水纹都拓印着最初的乳香。弯梧桐树依然用伤痕丈量星空，年轮里加密的谶语，终被南迁的候鸟译成歌谣：所谓故乡，不过是先人把掌纹烙进土地，让我们每一步都走在光的根脉上。

辑五
心灯长明

《重启纯真》在六一节的晨光中与童年举杯，《时间的增值》以实验室的细胞分裂丈量永恒，《读书，最好的美容》以经过时间淬炼的经典喻精神泉眼。《点亮心的明灯》，指引我们在《当下如意》中照见永恒。

云阁 于静 画

向心灵问个路

生命的旅途常被迷雾笼罩，抬起的脚步悬在半空，不知前方是坚实还是虚无。此时不必仓促抉择，闭目凝神，让心灵成为指引方向的星辰。沙漠旅人在沙丘间迷失时，唯有仰望内心罗盘才能觅得绿洲；人总被怠惰与拖延缠绕，仿佛野草蚕食良田。生存压力如耕犁破土，病老如钟鼓催人清醒。那些守护文化遗产的人深知：脆弱之物需加倍珍视，时光侵蚀反成坚守的动力。压力非枷锁，而是生命的弓弦——绷紧时方能蓄力，松弛则失去张力。

若想长成参天之树，便需接纳啄木鸟的叩问。黄山绝壁的苍松，以裂石之力舒展枝干，每一道疤痕都是与风霜谈判的印记。每道伤痕皆为年轮，每次疼痛皆能加固纹理。向上的生命宁可在痛楚中繁茂，也不愿在安逸中凋零，恰如茶叶唯经沸水方能舒展重生。这般生命状态，如陈年普洱越陈越醇，终成转化苦难的酵素。雪域格桑花将稀薄氧气酿成艳色，刺骨寒风摇作翩跹舞姿；怀爱行走者亦如此——冷眼化作晨露，砂砾磨砺成珠。

顺境时当如园丁育花，以感恩浇灌善因；困顿时须仿莲藕扎根，于浊浪中积蓄破水之力。老茶农未雨绸缪，化自然馈赠为生存智慧；苦楝树在贫瘠中坚守，终以紫云般的花回报岁月。农人播种不问单株产量，唯求整片金浪；画师运笔不执一笔得失，但追气韵天成。努力如同向深井投石——只需全力掷出，回响自会随光阴浮现。事成时谨记露珠短暂，未竟时静待残月圆满。这般豁达，恰似扫落叶者明知明日落叶依然掉落，今日仍扫得虔诚。

身若漂萍难免随波，心却可作定海之锚。街头修鞋匠双手蒙尘，眼底始终映着星光；方寸之地抄写经典者，精神却邀游大千世界。真正的自由不在身无所系，而在心无挂碍，如同风筝高飞而线轴稳握掌心。当灿烂成为本能，每个清晨皆会自亮心灯。

被需要如同古桥承载岁月，予人安适恰似春蚕吐丝成茧。特殊时期传递温暖的骑手，深山执教的教师，皆以平凡双手书写伟大：成就自我的同时照亮他人，方为生命圆满。古茶树不独享雨露，唯将天地精华酿作满枝新芽，供采茶人摘下春光。最终，我们会懂得：真正的圆满在于成就自我时亦照亮他人——如同枝头新芽静待采撷，将岁月酿成芬芳。

凡人之心如风中树，摇曳难定。欲避风扰，除非自化顽石。这令我想起鸡蛋与石头的争执：蛋碎而石污，无人问二者是否后悔。争执中固守己见终致两败俱伤，退让与理解方是破局之钥。心量狭小者活得局促——妒人优、嘲人劣、争强斗狠、论人是非，皆因心被困于樊笼。欲活出开阔气象，须以善良滋养悲悯，以奉献培育宽容。雪域格桑花的艳丽源于逆境，人的格局亦需在磨砺中舒展。

若遭人斥"品行有瑕"，愤怒乃常情，但智者不急于辩驳，反将其视作明镜：若有此过，当谢其点醒；若无此过，则谢其考验。如此转念，恰是内省的真正力量。以为举世皆负己时，真相或许相反。眼中照见他人皆恶时，需自省是否蒙尘；口中吐槽他人不堪时，不堪者或是自身。辩证世界里，清醒者总以显微镜观人优点，以探照灯察己缺失。

曾几何时，一心想改变他人与世界，却徒留伤痕与挫败。直到某日窥见内心，方如闪电破暗、惊雷醒梦：原来自己如此渺小，唯一可掌控的唯有改变自身。内省非顿悟，而是细水长流的修炼。如树经风雨方知扎根，伤痕终变成年轮。每一次自问皆成阶梯，将自己引向更辽阔的天地。修鞋匠眼底的星光、教师与骑手的坚守，皆昭示：心无挂碍时，身体困顿亦可化作精神之翱翔。

疼痛铸就树龄，坚持孕育转机。黄山迎客松的舞姿、农人播种的淡然、扫叶者的虔诚，皆印证：生命的张力需在压力中维系，脆弱的美好因时光痕迹更显珍贵。最终我们领悟，让他人活得舒适是织茧的温暖，被需要是承载脚印的幸福。如同茶树将雨露酿作新芽，每个向上生长的灵魂，都在疼痛与坚持中完成属于自己的春日绽放。

重启纯真

六一节的晨光中，58岁的我和8岁的我共同举杯庆祝！雨歇天晴的早晨，鸟鸣声格外清亮，夏日的芬芳在心头荡漾。岁月静好，时光欢悦，生命纯粹如初，恍惚间又回到那个赤脚踩露水的童稚年代。在纯真稀缺的时代谈论纯真，明知会遭人厌烦，可我依然固执地相信——纯真是生命珍贵的印记，失去它的人可能难寻内心的安宁。那些在菜市场给蔬菜取名字的主妇，在实验室对着试管做鬼脸的教授，在病房叠纸飞机哄孩童的医生，不都在用成人的身躯，续写着童年的童话？

童年是生命的朝霞，美丽得灿烂；童年是人生的旭日，蓬勃中现纯真。少年时代是品格的扎根期，根须深埋着三股养料：悲悯善良的春雨，正义勇敢的土壤，阳光开朗的清风。这些养分来自父母指尖的温度，老师眼底的星光，社会天空的澄澈——我们称之为教育。当孩子懂得为摔倒的同学擦泪,自然会产生求知的渴望;当学生学会把最后一块饼干分给同桌,方程式也会变得温柔。基础教育不仅是知识的传递,更是品格的培育,从这样的校园里走出来的不是行走的书柜,而是带着体温的灵魂。

孩子们,我羡慕你们睫毛上跳动的晨露!曾经的孩子们,你们是否还珍藏着那枚玻璃弹珠般的初心?人类的进步永远从孩子开始,让我们永远做纯真的孩子,别让弄丢的纯真绊住前行的脚步。真想回乡下和老母亲过个真正的六一,做回那个捉泥鳅逮知了的自己。你看——朝霞告诉我:只要童心仍在发烫,童年就能像日出般每日新生。若是你心里还住着那个追蝴蝶的少年,精神的朝霞便永不褪色。

这个节日从来不只是孩子的专利。六一,是大人们寄存童心的驿站,是孩子们绽放笑容的舞台,更是整个人类文明的保鲜柜。人要学会分担:在家分担母亲锅铲的重量,出门分担地球转动的艰辛。今天,我向所有孩子和曾经的孩子送上祝福!更想对中年后的朋友说:请把年龄的十位数锁进抽屉,用个位数重启人生。那些被知识武装后的灵魂,唯有保持着玻璃弹珠般的透亮,才能真正长出造福社会的翅膀。

当我们在方程式里注入温柔,在实验室里保留顽皮,在病房里延续童趣,便会懂得:所谓成熟,不过是给纯真穿上铠甲;所谓成长,终须在精神朝霞里永葆赤子心肠。

一心走路

　　活在世上，难免常受外物影响。遇到好事则情绪高昂，遭遇不顺则心情低落。常人的喜怒哀乐总被外界牵动，与人交往既要体察他人情绪，又须克制自我心绪，否则难免争执不断。相较之下，照顾他人情绪尚属易事，最难的是驯服自己心中那匹脱缰的野马。从熹微破晓到暮色四合，我们不是被这种情绪袭扰，便是被那种心绪驱使。无论是欣悦的涟漪还是烦闷的暗流，都在无声消耗着生命能量。试图管理情绪的过程本身便是耗神的修炼，这般两难境地中，最明智的选择莫过于保持内心的澄明，让情绪的波澜自然止息。

　　在清溪河边安静地行走时，我刻意将注意力灌注于双足。当心神全然凝聚，每一步都似树根扎入大地，步步稳若磐石。所谓脚踏实地，不仅指双足接触地面，更在于心念与步履的浑然一体。脚步虚浮或重心不稳，轻则踉跄，重则倾覆。欲使步履坚实，便需将行走本身当作修炼——每一步都稳稳落在心田的沃土上，每个脚印都是灵魂的篆刻。这般专注不仅锤炼体魄，更让行走成为丈量世界的仪式：你舍得倾注多少心力在路上，世界便向你展露多少层次的肌理，人生的机缘往往就藏在那些被认真踩过的石缝里。

性情如画布底色，每种色彩都有存在的价值。有人泼墨写意，有人工笔细描；有明艳如虹的炽热，也有沉静似水的温润。世界因参差多态而丰饶，只要你的颜色能与天地色谱共鸣，便是世间至美。正如水墨留白处的意境，人亦需懂得在自我表达与群体和谐间寻得平衡。你可以纵情挥洒真我，只要不污损人类共同的情感画卷，你的独特笔触就值得被珍视。这种对生命本色的尊重，恰似林间万物各安其位，共谱自然的交响。

生活本是细节的工笔画卷。每日或轻勾淡描，或浓墨重彩，以何种心境执笔，用哪般色彩晕染，皆由我们自己掌控。有人运笔狡黠如狐，有人落墨通透似禅；希望的金线与绝望的灰丝交织，善意的朱砂与恶念的墨渍相融。我们如何勾勒生活，生活便以怎样的画卷回赠——那些细微处的笔触，往往决定整幅作品的格调。

做事之道贵在清明：心之所向便欣然前往，义之所在则当仁不让；无把握之事慎启门扉，必须完成之任务不可懈怠；纵是违心之事，亦当如匠人雕琢顽石般专注。世间双轨永伴人生：一为立身之本，二为处世之要。这让我想起山间采药人的智慧——他们既懂得辨认百草特性，更知晓何时采摘方能保全药性，这种对天时人事的把握，体现的正是智慧的真谛。

心怀明月的人，自会在暗夜燃起篝火。当理想如北斗恒定，生命便有了不灭的光源。与其每日喟叹光阴飞逝，不如自问：今日之我可曾向目标挪近分毫？有方向的日子如溪流奔海，无目的的时光似柳絮飘零。那些将每个清晨都活成新生的人，他们的光芒源自对生命本能的忠诚——如朝阳注定升起般笃定，似春蚕吐丝般自然。这份坚持不是苦修，而是灵魂觉醒后的自发歌唱。

途经风雨时，不妨将赞美与批评都当作路标。感激负重前行的同路人，亦对聒噪者报以慈悲。生命的光热原就该慷慨播撒，正如古树从不吝啬阴凉。当我们将行走本身视为归宿，沿途的鲜花与荆棘便都成为加持。愿以毕生追随光的轨迹，步履不停，直至身体化作春泥，精神融进天光——毕竟真正的行者从不问终点在何方，他们只是让每个脚印都盛满星辰。

照亮人生每一步

　　从早晨开始，烂漫如花，你的一天便很美丽。从当下开始，灿若朝阳，你的一生就很阳光。有什么样的一天，有什么样的一生，就看你对早晨、对当下如何把握。活着不应该是日子的单调重复，而应该是生命的不断成长。活出精彩，活出美谈，看似遥远，实则蕴藏于日常的耕耘中。你做不了朝霞，但可以有灿烂的自信；你做不了旭日，但可以有蓬勃的激情。自信是生活的旗帜，激情是人生的风帆，将爱写上旗帜，扬起上善的风帆，你的灵魂要多精彩就有多精彩，你的生命无法不传为美谈。

　　面对机会，有人说要不惜代价积极争取。我对一个"争"字的看法是：你有实力，无须争；你没实力，争也没用。适时把握才是上策。机会有时就像拼手气红包，见到就要抢，稍一犹豫，红包就进了别人的钱包，与你一分钱关系都没有了。抢是要抢的，前提是要认准那是红包，确定它不是陷阱。这种把握机会的智慧，正如清晨捕捉第一缕阳光的敏锐——既要有当机立断的果敢，也要有明辨真伪的清醒。

年轻人在面对机遇时往往呈现两种极端。有些人太活泛，活泛到你不敢信任；有些人又太低调，低调到你都为他着急。前者机会多一些，但失去机会的概率也高；后者只要给他机会，他会做得很好，却很难获得机会。这让我想起黎明前的天空：云霞若过于躁动就会遮蔽晨曦，过于沉寂又难以映照朝阳。两者中和一下最好，太活泛的要懂得适当收敛，机会才不至于得而复失；太低调的要学会主动，才有可能把握和创造更多机会。正如晨辉与朝露的共舞，既需要云霞的主动铺陈，也需要露珠的静候天时。

放弃了今天的不好，或许明天才能过得更好。出了状况，先想到的是自己的不足，认识到自己的不足，才能体会成长的快乐。你乐观向上地对待生活，生活就给你充满阳光的回报；你消极慵懒地打发日子，日子就抛给你无聊平庸的生活。这种自我更新的过程，恰似每个清晨都是崭新的开始——昨夜的露水会蒸发，昨日的遗憾也该放下，唯有以全新的姿态迎接朝阳，方能让生命保持向上的张力。

比较的人生难自在，因为比较，乐不长久，苦却恒常。苦乐都是对心的磨损，唯油然而生的欢喜，才可接近生命的本质。你见过比较的旭日和朝霞吗？因为从不比较，朝霞和旭日从来无所谓乐，也无所谓苦，属于她们的只有灿烂的欢喜，光热的慈悲。其实，苦乐也是一种比较的存在，不比较，才自在。这让人想起清晨万物的生长：小草不与大树比高，露珠不与江河争流，各自按照生命的韵律舒展，反而成就了天地间最和谐的晨曲。

这一生，像早晨那样活着，你就是一段精彩的美谈。抓机会有时就像抢红包，但更重要的是，要活出生命的成长和精彩。当我们将每个清晨都当作生命重新出发的起点，在把握机遇与保持本真之间找到平衡，在主动进取与沉静积淀中寻求和谐，在自我完善与放下比较中获得自在，生命的霞光自会照亮前行的每一步。这样的活着，既是朝霞对黎明的礼赞，也是旭日对长空的告白，更是生命对时光最美好的回应。

过度比较易生烦恼，但适度的参照或许能助人看清成长的方向。

探索与雕琢

　　上辈子，我一定有什么珍贵的东西落在了这里，否则，我为什么要回来，用这一辈子的时光来寻找？不管能否找到，我都不后悔。或许这一世寻找的过程，就是我上辈子落下什么珍贵的东西的结果。苦难可以化为前行的动力，失败也能成为反思的契机。正如棉农在虫灾中摸索出生物防治法，苦难的锤炼往往催生突破性智慧。苦难看似强大，但坚持会让人逐渐超越困境，随之而来的便是快乐与成功。人生不以某个阶段的成败论英雄，而是从整体上论高下。当我们以为什么都懂的时候，其实已经接近无知；当我们以为无所不能的时候，其实已经接近无能。"以为"往往遮挡了我们的眼界，限制了我们的格局，你以为自己怎么样的时候，往往恰恰已经不怎么样。

你需要的时候，他们不见踪影；你拒绝的时候，他们纷至沓来，这就是真实的世道人心。无论当下还是过往，都无一例外地如此，人性使然，无法改变。没有一份见怪不怪的坦然，没有一种装聋作哑的超脱，你活着就是一个错误，你心动更是错上加错。要度过安然平静的一生，你就得练就睁一只眼、闭一只眼的功夫。将朋友变成敌人，将伙伴变成对手，欺负比你弱势的人，无视团队里和你没有利益冲突的人，冷落帮助过你的人，背叛你曾经的贵人，凡此种种，都是造孽的节奏。智者不计较，不代表懦弱，更不代表不知道，而是为自己积德，给对方惜福的机会。对智者来说，不计较，是一种仁慈和悲悯。

偶尔投颗石子到河里，并不是闲得发慌，而是为了试试水深。少沾惹那些不尊重你劳动、看不见你价值、不懂得你情怀的人，这些人即使不成为你的噩梦，也绝不是你的善缘，一旦沾惹，有一天你甩都甩不掉。要珍惜那些无私帮助你、无故欣赏你、无由牵挂你的人，这些人才是和你灵魂相似的人。他们是你生活中的阳光，人生中的雨露，生命里的贵人，是你这一生巨大的福气。年轻时不怕摔跤，因为摔得起；老来后别爱面子，因为要了面子往往失了里子。中年人最难，摔不起跤，也拉不下面子。活得没有动力的时候，就树个假想敌来激励自己。这个假想敌不在周遭，而是你心灵深处那个未琢的部分。试着雕琢，或许就雕出了你的激情。

　　这世上的所有不如意，可以是一场梦；而所有的清欢，都可以是实实在在的体会。梦往往要浪漫或者恐怖一些，其实大多是虚构的，然而宇宙的本怀，又有几人能够真切体会？譬如一只蜻蜓，也可以是大千世界的归一，如此而已。当我们在追寻中遍体鳞伤时，在人性博弈里保持清醒时，在人际漩涡中学会选择时，在自我雕琢中重燃斗志时，生命的纹理便逐渐清晰。它不需要刻意回避世态炎凉，不需要强求完美无瑕，更不需要沉溺于自我感动。真正深刻的成长，始于接纳寻找过程中的迷惘，成于勘破人性本质的通透，归于持续自我雕琢的勇气。

　　那些看似徒劳的寻觅里，投石问路的试探丈量着世界的深浅，未琢的玉坯暗藏着生命的可能，振翅的蜻蜓承载着宇宙的缩影。当苦难化作丈量生命的标尺，当超脱成为应对世事的铠甲，当慈悲化作与人相处的底色，探索便如凿刀般在时光的玉石上刻下印记。这或许就是最隽永的生命诗篇：在追寻中确认存在，在雕琢中塑造灵魂，在残缺里窥见完整，最终抵达与宇宙共鸣的圆满。

时间的增值

　　阅读和思考让时间增值，适度的放空才是滋养心灵的良方。许多人总是在虚度中使时间变得廉价。人过中年，步履渐沉，时光却似乎开启了加速度。它冷漠地将我们抛在身后，自顾自地奔跑。其实时光的脚步从未加快，而是我们的步伐悄然迟缓，可悲的是，内心却在不断加速——生命的油耗越来越大，引擎却日渐磨损。这种身慢心快的撕裂，源于功名利禄带来的重负。我们背着满篓鸡肋前行：食之无味，弃之可惜。太多人被这样的累赘羁绊，终其一生未能触及向往的生活。

　　困住脚步的，往往是对未来的惶恐——害怕丢弃旧物后，无法获得更好的替代。于是甘愿在将就中消磨光阴，像困在旋转木马上的人，明明渴望草原，却说服自己这就是驰骋。有些事非做不可却无心行动，有些事徒劳无功却乐此不疲，有些事明知徒增烦恼仍偏执坚守。这种无力感如同陷入流沙：越挣扎越深陷。我们怜悯他人时，自己正戴着镣铐起舞；我们嘲笑他人时，镜子里的面容更显荒诞。可是，放下的道理通透如纸，实践的难度却堪比移山。今日立誓放下，明日绳索仍在；此生渴望解脱，临终枷锁尚存。这既是人性的可悲，亦是生命的壮美——若真能轻易卸下所有，人间哪来那么多荡气回肠的故事？

人生的导师唯有生活本身。它用四季循环教授得失之道：不是所有事都需在此生完结，留些空白用来看云听雨。正如用对人生加减法——思考时做加法，沉淀智慧；说话时做减法，字字千钧；行动时做加法，步履坚实；抱怨时做减法，心镜清明。你匆匆离场时，未竟之事自有后来者接棒。快乐如溪流汇聚成海，痛苦似落叶随风飘散；善念若星火燎原，恶念如朝露蒸发。这套生存法则，是岁月在皱纹里镌刻的密码。

最自在的人生莫过于：吃得下粗茶淡饭，沉睡于风雨之夜，身无累赘之痛，心无惊涛之扰，偶得闲云半片。这境界需要我们用眼睛观察晨露在蛛网上的轨迹，用头脑思考蚂蚁搬运面包屑的哲学——这是凡人有限的自由，也是时间最慷慨的馈赠。当你在某个深秋午后，忽然读懂飘落黄叶的旋舞并非凋零而是循环，此刻的时间便不再是沙漏里的消耗品，而成了星砂中的永恒。那些在实验室记录细胞分裂的科学家，在田间观察稻穗生长的老农，他们都在用不同的方式破解时间的密码。

德行修养有助于身心和谐，而健康长寿还需兼顾科学养护与自然规律。原来时光从未走远，它只是化作青苔在幽暗处悄然生长。当我们学会在劳作中延续童真，便能领悟：所谓时间的增值，不过是让每个当下都成为可窖藏的光阴。

哲学与诗意

　　人活一世，总要经历这样那样的谤誉、离合、迷知、苦乐和悲欣，这些都是人生固有的素材。造化给了我们一堆不加筛选的素材，同时给了我们一颗心，心量大小则由我们自己把握。心量大小，决定生命的格局。能否写出人生的精彩，取决于我们的心量。看心量如何取材，如何提炼，如何布局谋篇。

　　忽然想起林和靖在孤山结庐植梅，二十年不入尘世却写下"疏影横斜水清浅"的绝唱。此刻一杯又一杯豪饮西湖，注定彻夜缠绵。魂被千年的传说掳走，空对梦中烟雨，看一介书生的彷徨。我的心太匆忙，无由慢下来等你。在相隔重山的岁月里，你也不再懂我。或许从未懂过，是我一厢情愿地以为你懂。这西湖，这杭州的雨夜，仿佛飘忽不定的云，原本与你无关。可就在

163

这样的迷离中，我忽然懂得，浮光掠影的人生没有典藏，记忆里都是大路货。生命只有深入浅出，才能让这仅有的一生，既不太深奥，也不过于直白，既有点哲学，也不缺诗意。

去年秋分在一禅寺见两位居士对弈，落子声里听见老僧低语："看棋要如看人，棋路要如心路。"以体谅自己的心体谅他人，天下没有不能体谅的事。面对比自己强的人直得起腰，骨头需硬；面对比自己弱的人弯得下身，要一颗仁心！这样的处世之道，在西湖的波光里愈发清晰。当游船划过三潭印月，恍然明白你很笃定的东西，往往不一定；你并没怎么指望的，反而可能给你惊喜。这就是人心，跟我们想象的样子并不相同，恰如湖水倒映的月光，永远比真实的更蒙眬。

倘若你管不了自己的心，你的身体迟早会被别人管。虽说所有人的身心都是独立的，但在社会这个大环境中，你身心的任何一次律动，都会波及他人。人类个体的自律非常必要，个体缺乏自律，必然导致群体的他律。自律，从管好自己的心开始；自由和幸福，也从管好自己的心获得。就像此刻站在断桥上，看游人如织却各守其道，方知自由的深层意义，往往在于内心的坚守而非外在的挣脱。

张岱《西湖梦寻》里写雪夜独往湖心亭看雪，却见早有金陵客煮酒相待。羡慕神仙，主要是羡慕他们无须为稻粱谋，无须关心房价以及其他物价。人之所以总被活计撵着跑，是因为要生计，一日不作，一日无食。多数人其实不想有神仙的本事，只想有神仙的自由。可雷峰塔的夕照告诉我，那些传说里餐风饮露的神仙，何尝不羡慕人间灶火的温度？生命的悖论如同苏堤春晓，近看是六桥烟柳，远观已成水墨长卷。

周六了，一周过去，时光又赢了一局，生命又输了一盘。在人生的棋局中，时光近乎无敌的高手。我们表面上的无奈，总是难掩内心的不服气，于是自觉或不自觉地修炼生命的内功，目的是不让这一生全盘皆输。灵隐寺的钟声恰在此时响起，惊起满山宿鸟。那些振翅的弧线划破暮色，如同心量在红尘中的轨迹——有人看见宿命，有人读成诗行。忽忆起冷泉亭柱上董其昌的楹联："泉自几时冷起，峰从何处飞来。"这悬置百年的问句，倒成了今夜最圆满的答案。

读书，最好的美容

当我们谈论容颜永驻时，往往执着于护肤品的化学成分或医美仪器的科技突破，却忽视了最古老而恒久的美容秘方——那些沉淀着智慧的墨香，那些跃动着思想的字符，正在悄然重塑着每个人的生命气象。这种美不依赖胶原蛋白的支撑，不借助玻尿酸的填充，却在时光长河中愈显醇厚。

为什么要读书？读书为明理。倘若读书越多，越不明理，要么是读的书不对，教人歪理邪说的书，读得越多，理越不明。读书要有选择，要读那种教人常理的书，启迪心智的书，涵养心灵的书，引导人精神向上的书。这让我想起古人"取法乎上，仅得其中"的智慧，选择怎样的书籍，本质上是在选择与怎样的灵魂对话。那些经过时间淬炼的经典，如同永不枯竭的精神泉眼，总能给予后来者清澈的滋养。

　　静若处子。处子乃是情窦初开、待嫁未嫁之女，美丽、浪漫、动人。处子之美，缘于一个静字。滚滚红尘之中，喧闹有余，而安静不足，化学美容，美则美矣，却不健康，更是失真。处子之美，静之所至，出于天然，由内而外。何以能静？唯有读书，读养心冶性之书。这种静谧之美恰似古籍中"腹有诗书气自华"的现代诠释，当文字的清泉浸润灵魂，浮躁之气自然沉淀，显露出生命本真的光泽。

　　有的帅哥帅得有书卷气，有的美女美得有书香味，追帅哥要追这样的帅哥，追美女要追这样的美女。有些男人长得一般，却帅气逼人；有的女人容貌平常，却美得要命，这是为什么？读书使然。这种由内而外散发的魅力，恰如玉石经过岁月盘玩后的温润光泽，不刺目却动人心魄。当知识的养分渗透到血脉之中，眉宇间自然流转着智慧的光彩，谈吐间悄然散发着思想的芬芳。

　　读书使男人帅气，读书让女人美丽。我说这话是有前提的，那就是书要是好书，引导精神向上的书，低俗的书不在此列。读要活读，不能把一本活书读死，把一本好书读成烂书，更不能把自己读成书袋，读成偏执狂。这就是有些人虽然也读书，男人却越读越猥琐，女人则越读越粗陋的原因所在。读书思考和读书不思考也有天壤之别。这让我想起禅宗"不立文字"的警示，真正的阅读应当如春风化雨，而非刻板复制。当我们带着思考与感悟和文字对话，每个字符都会在心灵沃土上开出独特的花朵。

通过读书，我们不仅能够获得知识，还能够培养内在的气质和静美，这是任何外在的美容都无法比拟的。有的男人虽然相貌平平，但谈吐间自有清雅之风；有的女子即便素面朝天，但眉眼流转皆是书香意蕴。他们不必刻意修饰皮囊，因为文字早已融入骨血，化作举手投足间的从容与睿智。这种美不惧岁月侵蚀，反而在时光沉淀中愈发醇厚。就像古籍中的竹简，历经千年风霜，反而沉淀出独特的墨香与肌理。

有时候，我也会懈怠，不想再写作，不想再出书。记得有位朋友说过：不同的读者在读你的书时，如果能从书中的一句话受益了，你就有了收获，这本书就有价值。"你的文字充满正能量，给人的是正面精神影响，为何要懈怠，不想再写作，不想再出书呢？"这般诘问恰似黄钟大吕，惊醒每个文字工作者最深层的使命——当我们笔尖流淌的文字能成为他人心灵的解药时，创作便不再是孤芳自赏的游戏，而升华为照亮众生的火炬。

站在镜前，我看见眼角新添的细纹里闪烁着《诗经》的草木芳芳，鬓间零星的白发中跳跃着《楚辞》的浪漫星辉。那些读过的文字早已化作生命的时光，在面容上雕刻出独特的气质图谱。这才是最高级的美容术——用智慧滋养灵魂，让每个细胞都浸润书香，最终成就经得起岁月推敲的永恒之美。

点亮心的明灯

自我教育对一个人很重要吗？我的回答是，至少对我是如此。人的内心本来就很复杂，加上生活的影响，社会的着色，人在很多时候是浑浊、迷茫而犹疑的。自我教育是为了寻得内心的安定，唯有心定，才能抵达生命的清澈之境，辨明人生的方向，获得前行的力量。

活了半辈子，我虽然庸碌，所幸没有堕落，功在自我教育。正如王阳明龙场悟道，于绝境中澄心内省，终悟"圣人之道，吾性自足"，可见自我教育能照破迷障，指引生命归程。如果没有自我教育，今天的我也许在罪恶的深渊，甚至根本没有今天，可能早已灰飞烟灭。

我常常自问：随着年龄的增长，心灵成长是否同步？这一问并不多余，对我不多余，对大家也未必多余。在这个世界上生活了六十多年，我就明白了一件事：作为生命个体，我最强大也最弱小，最神奇也最平凡，最重要也最不重要。我如此，你也如此，但不是所有的人都明了这个道理。这种明了来自自我教育。

我其实是一个矛盾体。45岁之前，我是理想大于生活，却一直向现实妥协；45岁之后，我是生活大于理想，反而在一定程度上超脱了现实。以前更多的是向外寻求，现在我更关注自己的内心。虽然从未间断过自我教育，但前后显然有所不同，如今更加自觉。

你今天自我教育了吗？我每天临睡前都要这样自问。如果答案肯定，我一定睡得踏实；如果答案否定，我往往夜半梦醒；倘若答案模糊，我必定辗转反侧。真的不是跟自己过不去，而是心这东西实在不好欺骗。

不间断地用文字记录人生历程中的自我教育心得，是我的一个习惯。我认为自我教育心得属于我个人史的一部分，同时折射着社会人生万象，值得记录下来。有空的时候，我会对这些心得进行整理，一次整理就是一次重温，所谓温故而知新，可以为师矣。

在我的写作生涯中，大部分文字都是自我教育的心得，这些心得生在我的经历和阅历里，长在我的日常生活中，我从不惮将全部的自己袒露出来。功是我修的，业是我造的，既是自我教育，就不能厚此薄彼。通过不同的渠道，我毫不吝啬地将这些心得分享给大家，一是意在给有心人提供一个心灵参考；二是期待获得有缘人的督促。自我教育是一辈子的事情，不可间断却容易懈怠，既要有发乎内的坚持，又要有来于外的提醒。

对我而言，自我教育也是活着的理由之一，缺少自我教育，心灵势必荒芜，如若这样，我虽生犹死。坚持自我教育，进行心灵建设，每个人都应该一以贯之，这不是哪一个人的需要。社会需要上善，人间需要温情，心灵若被爱的正能量充满，世界便处处清平。行为由心灵指引，目标不错，方向就对，希望就在。

当下如意

　　我习惯早起，不为别的，就为对早晨的向往。看看天怎么亮，跟旭日学习成长，是我生命中最惬意的事情。人生的过程就是天亮的过程，就是日出的过程，就是成长的过程，这样的过程，不容忽略，值得分享。房子会旧，生命会老，能找到当下的如意才是真如意。简单的生活，对崇尚简单的人来说一样滋味无穷。生活就是偶尔的丰盛，恒常的简约。

　　鸟声喧哗，鸟鸣欢悦。这个早晨，我从一种声音里听出了两种味道，世界原本就是多味的。我泡上一壶红茶，静品自己的味道，每个人都有自己热爱的味道。既正儿八经，又不缺闲情，才是真正的生命和人生美味。此刻茶水在杯中旋转，叶片舒展的姿态恰似朝霞铺展的模样——缓慢，却不可逆地浸透每一寸光阴。

多数人的一生，90%的时间都在做无用的事情，花在有用事情上的时间少之又少。但若不花时间做那些无用的事情，你可能一件有用的事情都做不成。世上没有一件无用的事情，同一件事情，对这些人无用，对那些人可能正好有用。因此人不要老为做无用的事情自责，也不值得为做有用的事情欢喜。就像此刻凝望窗外，看蚂蚁搬运面包屑的无用时光里，我忽然懂得生命的真谛不在追逐，而在凝视的深度。

世上的荣华富贵，不过是过眼的云烟，台上的戏服，留不住。内心的格局气度，乃是天上的日月，地上的山川，却可以永恒。这让我想起老宅墙根的青苔，年年被雨水冲刷，却始终以最谦卑的姿态，将石缝里的岁月酿成翡翠。房子是人的另一个壳，一次迁居就是一次脱壳，一次蝉蜕。除了正在背负的这个壳，没有多少人在乎那些曾经的壳，不管你承认不承认，事实一定是这样。所谓老屋不过是浪漫诗人和作家的一个道具而已。有谁还能真切地在乎自己曾经的居所？

人为什么只有前眼，没有后眼？答案很简单，就是教人要向前看，不要向后看。非要向后看的话，就必须懂得回头。此刻朝晖漫过茶几，红茶的第二泡正浓，我忽然明白，那些被遗落在旧壳里的记忆，早被时光酵成了陈茶。我们无须背负所有过往，只需在转身时，将其中最明亮的碎片别在衣襟。

这世上的许多东西，不过是道具，谁人可以占有？你拥有过，就该知足；你不知足，必将痛苦。所有的道具都是共有的，你用，别人也要用。再小的房子，也能住下一生；再大的别墅，最终都会易主。如同此刻手中的茶杯，釉色剥落处露出陶土的肌理——它曾被多少双手捧起，又将流转于多少段人生？但我们共享的，永远是这一口茶水的温度。

朝霞染红晾衣绳上的白衬衫时，楼下的环卫工正扫起昨夜落尽的桂花。她的扫帚划过地面，金屑飞扬的弧线与天际的云霞遥相呼应。原来最奢侈的当下，不过是能听见扫帚与大地私语，能看见光的指纹印在每一粒尘埃上。此刻即永恒，此刻由所有道具共同演绎而成的，是最盛大的如意。

养生不如养德

手头宽裕了，日子好过了，人们也越来越惜命了。惜命自然就想到养生，于是乎，寻求养生之道的人越来越多。社交媒体里养生话题层出不穷，养生书籍浩如烟海，养生产业方兴未艾。那些传授养生之道的"智者"动辄粉丝成群，俨然成为备受追捧的明星。然而这繁华背后，多是利益驱使的闹剧——看似热闹的市场里，真正养生的真谛早已被喧嚣淹没。

养生固然重要，但若误入歧途，闻风而动胡乱听信，非但养不了"生"，反会害"生"。案例俯拾皆是：有人为排毒连饮七日蔬果汁致电解质紊乱，有人迷信辟谷闭关险些器官衰竭。当前流行的养生方式多种多样，或亲近自然，或强身健体，或静心修习，或尝试新法，其效果因人而异，需理性对待。但究其本质，这些方法终究是治标之术——该生病时照旧生病，大限来时依旧难逃。

在我看来，养生既是生物学课题，更是心理学修为。吃什么与怎么吃固然重要，运动与否及如何运动也属关键，但这些终是皮毛。真正的养生之道藏在情绪褶皱里：长期抑郁者免疫系统如同漏雨的茅屋，心怀善念者体内自生修复的灵药。中医早有"气大伤胃，怒从肝起，恶向胆生"的警示，现代医学亦证实长期焦虑将摧毁T淋巴细胞——若不戒除恶怒气恼，再精致的养生套餐也不过是在沙上筑塔。

常怀善美之念者，眉间自有春风轻抚；心怀仁慈怜悯之人，眼底常驻明月清辉。这不是玄学空谈，而是生命能量的守恒定律：恶念如毒雾侵蚀脏腑，善心如清泉涤荡经脉。那些德行高洁者，虽食五谷染红尘，却能百毒不侵；即便偶染微恙，亦可通过心境调适不药而愈。山间的老者粗茶淡饭却鹤发童颜，乡野的善翁布衣蔬食仍精神矍铄，都在印证着"养德方为真养生"的至理。

修养不应流于形式，更需发自内心的善意。有人晨练太极修身，午后却为蝇头小利机关算尽。这般分裂的养生，恰似给危楼刷漆——外表光鲜内里朽烂。真正的养生该如老树扎根：德行是深埋地底的根系，善念是输送养分的脉络，外在饮食运动不过是枝叶的光合作用。

　　当我们在有机超市精挑细选时，可曾筛选过心念的纯度？当我们佩戴监测手环记录步数时，是否计量过恶语的杀伤力？养生的终极境界，应是让善意的清流浸润每个细胞，使宽容的暖阳照亮每段基因。这般养出来的不仅是强健的体魄，更是与天地共鸣的生命磁场——如此，纵使某日鹤归蓬莱，留下的也是带着檀香的笑意，而非药罐堆砌的叹息。

辑六
生命追问

　　《花开花落都很美丽》以晨露折射生死哲思，《自然的馈赠》将麻雀啼鸣谱成生命礼赞。《优雅无价》借故宫修复师的修复古物讲述永恒。《活在当下》的朝晖与《时光不是老去的理由》的白发，共同诠释《有落点的梦想》：生命的意义，是让每个黎明都成为新的起点。

霜华 于静 画

花开花落都很美丽

　　一位朋友说：我觉得活着没什么意思，却又十分害怕死去，这是为什么？行者反问：你确信自己活过吗？你能保证自己没有死过吗？见朋友一下子被问住了，行者接着说，你既不能确信和保证，就说明你从不知死活，又哪里能体会活的意思、死的恐惧呢？一个人不好好活着，又怎么能安然死去呢？花开花落都很美丽。

　　常有人问我：如果人生都看透了，活着还有什么意义呢？我说，你如果真的将人生看透了，活着才真正有意义，不仅有意义，而且有意思。否则，只能是瞎活，你认为的有意义，其实没意义；你认为的有意思，实际上很无趣。如果真的看透了人生，你就不会只做名利和权力的奴隶，你就有了认识自己的闲情和雅致的能力。

世上有四样东西弥足珍贵：上善、悲悯、爱和感恩。拥有其中一样东西，就值得活着。为上善、悲悯、爱和感恩去梦想去奋斗，生命就不会虚无。人生是活着的过程，是一个又一个当下的累积，让上善、悲悯、爱和感恩成为当下的念头，活着就踏实了。

又是一个崭新的早晨，我正在拥有，并因为这种拥有而愉悦。这个早晨在我的生活中从未出现过，这个早晨延伸了我人生的长度，这个早晨丰富了我生命的内涵。这样的早晨同样属于你，沐浴在晨辉中，被希望的气息包裹着，迈开轻盈的脚步，信心满满地前行，你的内心一样快乐。

人就是一盏灯，活着的意义就是将这盏灯点亮，为自己照亮的同时，让同路者借一点光。当我们将目光投向更广阔的天地时，会发现生命的价值不在于占有多少，而在于照亮多少。每一个真诚的微笑，每一次善意的援手，都是灯芯上跃动的火苗，既温暖自己，也照亮他人。正如深海鱼群用微弱的光指引同伴，暗夜中的萤火亦能连成星河，生命的辉光本就在彼此映照中愈发璀璨。

那些在清晨推开窗户的瞬间，那些为陌生人撑伞的时刻，那些在困境中依然选择相信的坚持，都是对生命最深刻的注解。我们不必执着于追问活着的意义，因为在践行上善、传递悲悯、付

182

出爱与感恩的过程中，意义早已悄然生长。就像花朵不会追问为何要绽放，它只是顺着季节的脉络，将最本真的模样呈现给世界。

你看那枝头的花苞，它从不纠结该以什么姿态盛开；你看那飘落的花瓣，它也不会懊恼逝去的时光。活着本身就是一场盛大的仪式，当我们停止与自我较劲，停止用世俗的尺子丈量生命，便能领悟到：存在即圆满，呼吸即馈赠。那些所谓的困惑与恐惧，不过是心灵蒙尘时的错觉，当我们擦拭心灯，让本真的光芒透出来，自然会领悟——盛开时倾情绽放，凋零时优雅谢幕，都是生命最美的模样。

自然的馈赠

　　寒冬的乡村风韵犹存，那种成熟的美依然会深深吸引你的目光。河流瘦了，记忆里还是涛声；河床醒了，仍然是一片沉静。金色的底子上蓬勃着青葱，远处的村庄仿佛梦境，一两声狗吠，似有若无的鸡鸣，弥漫着一种沉醉，犹如渐入佳境的爱情。此刻一群小麻雀在窗外叽叽喳喳地叫，天被它们一点点叫亮，春被它们一寸一寸叫深。这些平时不起眼的麻雀，今天因为最早发声而被我格外关注，那些所谓的鸿鹄，也许在黎明时就已高飞，却与我没有一点关系。生命原本没有高低贵贱，众生皆可用不同的方式表达生命的平等，就像这些叫醒早晨的麻雀。

　　从未经历过黎明的黑暗，便无法体会天亮的惊喜。那一年，和姐姐一起挑着大白菜赶集，哼哧在黎明的小道上，借一盏昏暗的马灯，深一脚浅一脚前行。我忘记了肩膀上火辣辣的痛，一心期待天亮。也不知走了多久，天渐渐亮了，脚下的路渐渐清晰，你不知道那是一种怎样的惊喜和幸福！这让我想起熹微被春之拔节声喊醒的瞬间——当列队的祝福在朝歌中欢快地行进，花香浮动，新芽初萌，生命和希望的旋律在天空与大地之间回荡。那种闻所未闻的气息，正如此刻弥漫在爱的心田，温暖圆融。

早起，为自己加个油，替自己喝个彩，然后带着微笑启程，一路播洒阳光快乐、爱与上善。我们能够感知的早晨最多也就三万来个，三万来个旭日要好好收藏，三万来片朝霞要尽情灿烂，三万来首晨歌要开心地唱。弹好每一天的序曲，写好每一日的开篇，生活就是节奏优美的音乐，人生便成百读不厌的美文。在朝霞中与山灵水魄相伴，让身心变得通透而充满活力，是一件多么幸福的事情。趁红尘未醒，一切的机巧尚在远处，一个人尽享这透明的时光，我感到轻松而愉悦。

旭日是早晨的悲悯心，朝霞是早晨的愿力。晴朗或是阴雨的日子，我们看见还是看不见，早晨的悲悯心和愿力都在那里。正如某场微雪从夜晚飘到天明，让这个早晨显得异常宁静。在雪光和晨辉的交相辉映之中，彻骨的寒冷被热烈的心跳取代，即使无声的飘雪，也无法覆盖早晨的交响。生命若芬芳，在严冬也一样开放；心中有朝霞，雪花中都是阳光。幸福若雪，洁白透亮。一句温暖的问候，仿佛一枝枝蜡梅，在微雪后的早晨暗香浮动，春意盎然。

　　我听见欢悦的鸟鸣，荡漾你的笑脸；我看见快乐的朝阳，灿烂你的心境。对鸟鸣的一次倾听，对珠露的片刻凝眸，内心上善和爱的点滴生发，都是旭日的升起，朝霞的灿烂。就像那年与姐姐穿过黎明时，我们肩上挑着的不只是白菜，更是穿透黑暗的期待；就像此刻凝望雪后村庄时，眼中盛满的不只是风景，更是岁月沉淀的深情。当晨风拂过结霜的麦苗，当冰凌在屋檐下折射七彩光晕，幸福正以最质朴的方式在天地间流转。

　　此刻远处的山峦正被朝霞浸染，仿佛大地披上了金色的轻纱。我们一起出发吧，向着幸福飞翔。不必追问幸福的模样，它藏在麻雀啄破晨雾的啼鸣里，落在白菜担子压弯的扁担上，飘在微雪覆盖的瓦楞间，更驻留在每个愿意与朝阳同醒的心灵中。当新芽顶开冻土，当融雪汇成溪流，我们会发现——幸福从来不是远方的风景，而是自然馈赠给每个生命的天赋。

一次早起，一次花开

　　起一次早，等于开一次花。春天很远，其实很近；禅意不远，就在脚下。当你在曙光中推窗而立，看晨雾如薄纱般漫过屋檐，听早起的鸟雀衔着露珠啼鸣，那些在混沌中沉睡的觉知，便随着第一缕天光悄然苏醒。

　　杂念一多，心就会乱；心若乱了，生活就容易出错。错乱的人生，缘于出错的生活；出错的生活，根子在纷乱的心念。譬如一大早醒来，你赖在床上想东想西，心没有一刻安宁，被窝冷了，心绪乱了，一天的生活这样开始，哪有不乱的。起来吧，静静地等日出，慢慢地你就热了。就像园中的月季，从不纠结该先舒展哪片花瓣，只是顺着晨风的节奏，将紧闭的蓓蕾一寸寸打开。

生活和事业遇到不顺时，不要急着去想怎么才能顺，不如静下来，先让自己的心气顺一顺。心气顺了，思路就顺了，生活和事业的路就自然一点点看清了，看清了路再走，接下来的一切自自然然就顺了。这如同渔人撒网，生活就是不断抛掷希望的过程，虽不可能网网有鱼，但不花力气撒，肯定一无所获；人生如果没有根据地，一辈子只能做流寇。航船要是没有港湾，就注定永远在水上漂。

早起，揭开一个新的日子，我看到的不是日历变薄，而是欣赏已有的人生变厚。那些翻过去的日子并未走远，而是被我一一收藏，每一页日子里都储存着旭日的灿烂，斜阳的静美，生活的味道，心灵的气息。为什么要浩叹时光的流去？若生命没有过成流水，就值得为被凝固的时光欢喜，那是这一生的丰碑。就像珍藏的普洱茶饼，岁月没有令它朽坏，反而在时间里沉淀出琥珀色的光芒。

那些在曙光中等待日出的人，总带着特殊的笃定。他们知道上善和爱的旋律正在点亮晨歌，欢悦的心境正催开春天的喜乐。面带微笑，心光外溢，仿若正在开放的花朵——不必刻意寻找光明，因为上善和爱所在之处，就是心的净土，就是极乐所在，就是禅意栖居的地方。你看那攀在竹篱上的牵牛花，从不在意自己能否攀到最高处，只是专注地将每片叶子都朝向阳光。

有人总在追问春天的踪迹，却忘了自己呼吸间吐纳的便是四季循环的气息；有人苦苦寻觅修炼的途径，却看不见脚下青砖缝隙里萌发的新芽。其实哪有什么高深的道理，不过是把赖床时纷乱的思绪，换成推开窗户时涌入的清风；把计较得失的焦虑，化作撒网时手臂划出的弧线。当你在某个清晨突然明白：被凝固的时光不是囚笼，而是琉璃；未达成的目标不是遗憾，而是路标——这时节，你便听见了花开的声响。

　　春天从来不在远方，它藏在凝结在窗棂上的晨露里，躲在厨房飘出的粥香中，落在你凝视朝阳时颤动的睫毛上。悟道也无须跋山涉水，它就在你放下杂念起身披衣的刹那，在你为失意泡开一壶老茶的专注里，更在你明白"该达成的目标自然达成"时的释然中。当熹微漫过屋檐，你会忽然发现：原来一次真真切切的早起，便是心莲绽放的时辰。

血脉的传承

清明时节，万物生发，自然的韵律中自有启迪人心的力量。春风沉醉，春光温煦，春景迷人，我们容易耽搁在春声春色里，忘却来路，不知所往，忘乎所以。这时候，大自然让清明二字在时光中呈现出来，清清楚楚，明明白白地告诉你：生命有法则，花开花还落。

清明是个提醒人们关注生命和传承的日子，这一天，岁月会告诉生命的来处，它又将要归向哪里。每年清明节，我都会到父亲的坟前为他烧一堆纸钱，希望父亲在那个世界里永远不缺钱花。不独我这样，许多人都对自己的先人怀着这样虔诚的心。虔诚是够虔诚的，如果这样的虔诚用在对老人在世时的赡养上，那才是真正的孝敬。天下做子女的，尽孝要趁早，不要等到清明才去表孝心。

二十多年前，我亲眼看见兄长化成一股青烟，变成了一朵云；接着，我又眼看着父亲化成一抔泥土，成为大地的一部分。我的兄长劳碌了一生，离去时孑然一身；我的父亲操劳了一辈子，那一天起再也不用管事了。送走了父兄，同时送走了我的迷惑，从此我不再为这个世界上任何一样东西执着，却在父兄栽的桦树下，接过了他们未浇完的水壶。

像鸟儿那样将曙光衔到你们的窗前，用旭日照亮你们的心灵，以爱和上善开启你们一天的生活。张开春的翅膀，亮出美的歌喉，我用歌唱和飞翔的方式，将美好的春天印入你们的微笑。是的，生命如晨露折射虹光，须以自身圆满照见天地。而早晨就是欢快的引子，愉悦的序曲，让我们一起踏准晨歌的节奏。

人来世间，皆为一个缘字，善缘恶缘，都是你的未了缘，如同祖坟旁深埋的酒坛，等清明雨来开封。人生就是耕耘未了的缘，若今生未能酿熟且待春风雨启封。每个人都有各自不同的缘，是陈酿总要历经时光窖藏，你接不接受它都会缠着你，缘聚是陈酿启封时的醇香，缘散是空坛映月的清光。莫为缘分欢喜，别为缘分伤悲，酒香终将融进春泥，滋养新发的葡萄藤。

你看那春日的阳光穿透薄雾，将晨露照得晶莹剔透，转瞬又被新生的枝叶吸收殆尽；你听那枝头的黄鹂婉转啼鸣，待要细赏却已振翅飞向云端。这世间万象，何尝不是缘起缘灭的注脚？我们既无法挽留花瓣坠地的轨迹，也不必强求云朵停留的形态。就像父兄化作青烟融入苍穹，化作泥土归于大地，他们的水壶仍在清晨的菜畦边，承接新落的雨水。

当燕子剪开三月的柳帘，当桃李染红四月的山坡，我们总以为可以永远沉醉在这般光景里。可清明时节的细雨偏要敲醒迷梦，让漫山遍野的纸灰随风飘散，让碑石上的铭文被雨水洗得愈发清晰。那些被春色模糊的往事，此刻都如返青的草木般真实可触——原来所有的绚烂终将沉淀为记忆，而记忆终会化作沃土，供后人栽种新的因缘。

所以不必在春深时惆怅，也无须为离别而神伤。且学那衔来曙光的雀儿，把每个清晨当作新的缘起；且效那破茧而出的蝴蝶，将每次振翅当作生命的礼赞。当我们懂得在绽放时珍惜芬芳，在飘零时把种子交给南风，便是真正读懂了清明写在天地间的启示。

太阳的分身

　　旭日蓬勃，朝霞灿烂，鸟语和畅，窗口的铁树郁郁葱葱，春意盎然。这样的早晨令人幸福，能够让你忘却岁月的秋意阑珊；这样的早晨只有快乐，没有丝毫的人生感伤。朝霞爬进窗户，轻轻拍醒梦境。夜游的精神回到身体，希望带我一道出门。穿过桂花濡染的小径，登上岁月的山峰，我与朝霞的距离更加接近。

　　漂浮在早晨的鸟鸣中，身体一节节苏醒，灵魂的光照亮秋天的海洋。爱和上善融入海水，化成涌动的朝霞，我的心冉冉升起，生命的路上铺满天使的翅膀。西窗外的一丛红枫，漫向远处的薄雾，犹如朝霞泼出的画卷。仲秋的风在叶尖上颤动地划过，惊醒鸟语，惹出清澈而悠远的旋律。这个薄雾笼罩的早晨，这个秋凉如水的早晨，照样让我的内心充满美感和希望。

朝霞里有你的目光，晨风中有你的叮咛。因为百年人生的承诺，信心充满我的每一个毛孔，我欢悦的脚步愈发轻快，心灵的翅膀直插云空。在薄雾和秋凉的上面，依旧不缺朝阳的眷顾，我只有出发，才能在某个地方与朝阳会合。就像此刻，露珠从枫叶上滚落，折射出七种颜色的诺言——每一个奔赴早晨的身影，都是太阳在人间的分身。

因为这是早晨，有穿越心空的光，有清澈胸廓的空气，有从不缺席的鸟鸣。在这样的秋晨，你会享受一种被洗礼过的感觉，你的生命和红枫一样灿烂，你的精神光谱远接云层外的朝霞，你的灵魂照样充满阳光，信仰的帆依然升起，在希望的海洋之上。某个瞬间，桂花的香气突然浓烈，仿佛整个季节都在为坚持早起的人酿造蜜糖。

我身心愉悦地行走在朝阳下，任每一寸肌肤舒畅地呼吸；不染微尘的桂花香沁入我的胸腔，驱散星空里郁积的阴霾。在早晨健康地活着真好，夜晚连绵的咳嗽远去，泥泞的梦被晨风吹走，希望和信心的旗帜在生命中重新飘扬！那些曾被寒露打湿的往事，此刻正在晾衣绳上轻轻摇晃，风干的褶皱里藏着光的密码。

驻足回望，铁树的剪影在朝阳中舒展如凤凰尾羽。原来最深沉的生命力，不在于抗拒秋意，而在于相信每个清晨都能重获羽翼。当第一缕光刺破薄雾，所有关于衰老的隐喻都碎成露珠——我们终将彻悟，所谓岁月的秋意，不过是春光的另一种酝酿。

用心的生活哲学

　　清晨四点敲击键盘的声响，与窗外渐亮的晨曦渐渐同频。当最后一个字符落定，舒展筋骨时涌起的惬意，恰似茶水滚过喉头的回甘。感恩这份与生俱来的"辛苦命"，若非亲历字句爬梳的艰辛，又怎能体悟完成时的通透？就像农人深谙丰收的喜悦不在粮满仓廪，而在掌心老茧记录下来的岁月。

　　我为吃饭码字，但决不为生存写作。键盘起落间，有心栽花的码字与无心插柳的写作，界限分明如宣纸上的墨痕。那些真正从心尖渗出的文字，不过是给灵魂辟一方纳凉的绿荫。若恰巧这荫蔽能换来三斗米，亦欣然受之——正如山泉润泽草木本非为求回报，但若有人掬水解渴，清流自会欢歌。

　　网上码字立有三戒：凡父母儿孙不宜观者不书，未经确证的消息不传，陌生领域的妄议不作。这让我想起古时书斋悬挂的"慎独"匾额——虚拟世界的面具反而更照见真人品性。正如老茶师焙火时的分寸，多一分则焦苦，少一分则青涩，在键盘上敲击的每个标点都是人格的拓印。

人生如长卷写作，落笔当如履薄冰。草率决定似拙劣的起稿，反复涂改更污了素宣。今日又有新决定待作，愿以治印的严谨对待——篆刀游走前必先揣摩印谱。想起老编辑校稿时戴的眼镜：允许错字如同允许呼吸，但反复出错便是对生命的亵渎。每个黎明都是宇宙新成的定稿，而我们都是自己命运的著作者。

言语之道贵在分寸。说大话如吹胀的气球，迟早爆裂伤己；讲小话似偷藏的银针，终将刺痛人心。唯有实话如陶器素坯，经得起窑火淬炼。这道理恰似品茶：浮夸的香气转瞬即逝，醇厚的回甘方能持久。那些把戏谑当幽默、以搪塞为机变的，终究会在岁月里显影成跳梁的皮影。

有些秘密如未拆的信笺，说破便失了韵味；有些真相若河底的鹅卵石，不言自会随波显现。但事关世道人心的迷雾，则需如晨钟般撞破——助人者终将照亮自己的前路。

桌边新疆的坚果罐总在深夜作伴，一粒接一粒的脆响应和着键盘节奏。此刻咀嚼的何止是果香，更是独处的清明。码字亦如是，跃上屏幕的何止是字符，更是心湖泛起的涟漪。

待人接物当如作画：勾勒细节时笔笔精到，观赏全貌时退后三步。苛求他人完美，无异于在净水中寻鱼；处事粗枝大叶，好比在沙地筑楼。有一天你会明白，为何自己总在紧要处溃败——原来错把雕玉的刻刀对准了同袍，却用糊窗的糨糊处理要务。

怀揣诚心待人，秉持匠心做事，方能在人海中觅得知音。每个相遇都是天赐的茶席，惜缘便是将每盏茶喝到无味；每项工作都可以是修炼的场地，惜福当把每件事做到极致。这道理老陶匠最懂：怀着敬重揉捏每团陶土，窑神自会馈赠意外的天目釉。

人生这场书写没有终章，唯有不断逼近的完美。眼界若敦煌壁画层层晕染，格局似武夷岩茶三起三落，品行如古墨在砚台渐渐化开。当我看见百岁书家颤抖却坚定的落款，茅塞顿开：所谓至美，不过是让每个笔画都饱含生命的重量，每段留白都回荡灵魂的余韵。

清空和填空

　　人生需在清空与沉淀间平衡，有些重量是扎根的养分，有些则需适时卸下。决定取一些东西的时候，同时也要决定舍弃一些东西，否则人生的行囊岂不太重？慢慢地就会背不动。这如同茶人清洗紫砂壶——若不倒尽昨日的残渣，今日的新茶便难显真味。那些在古董市场淘宝的行家最是明白：真正珍贵的收藏，往往来自果断舍弃后的空明。

　　我们这一世所遇之人，多数是看似健康的病人；你们这一世所遇之我，何尝不是看似健康的病人呢？医院走廊里挂着职业微笑的护士长，写字楼里深夜加班的程序员，他们的疲惫都藏在得体的妆容与熨烫的衬衫之下。彼此或互为苦口的良药，或成甜蜜的毒剂，取药的过程恰似品鉴陈年普洱——三分靠观汤色辨陈香的眼力，七分赖命运安排的茶缘。那位总在公园劝导抑郁青年的退休教师，何尝不是用他人的绝望熬煮自己的救赎？

若顺手能帮，不妨伸出援手。地铁里为孕妇让座的瞬间，街头替盲人指引方向的片刻，这些细碎的善意如同春风中的柳絮——施者或许转瞬即忘，受者却可能将其织成记忆的锦衾。三十多年前在火车站借我十元车费的陌生人，至今仍是我茶席间的谈资，而那日犹豫未扶跌倒老人的愧疚，则化作心镜上的雾翳再难拭去。

一些人活着，是为了另一些人更好地活着；一些人活着，是为了另一些人活不好。见过沙漠种树的牧民，他们的胡杨林荫泽三代；也见过违背自然规律的发展终被反噬者，他们的"财富"毒害整片流域。真正的自由绝非肆意妄为，而是如古茶树般——既向上触碰天空，又向下滋养土壤。那位在社区调解纠纷的志愿者，颈间总戴着刻有"止语"二字的木牌，以提醒自己习得包容与克制的艺术。

心淡了，世界就淡；心咸了，生活就咸。淡时可效仿古人"扫雪烹茶"，咸时且学渔夫"晒盐制鲞"。最妙的是苏东坡的智慧：被贬黄州便发明东坡肉，流放海南竟尝鲜荔枝。这种随遇而安的境界，如同老茶客对待不同水质——山泉激扬，井水沉静，各有其冲泡之道。

世间事本如云卷云舒。那位在董事会叱咤风云的总裁，退休三年后已成公园象棋摊的常客；曾经令你彻夜难眠的竞争对手，如今偶遇连名字都需费力回想。

将放不下的彻底放下，恰似解开系舟的缆绳。那位收藏半生终于捐出所有瓷器的老者，在博物馆看到展柜标签刻着自己名字时，皱纹里漾开的笑意比任何藏品都珍贵。强背的重负终会压垮脊梁，而适时清空的行囊，才能装下突如其来的彩虹。

有些期待永远悬在星空，有些逃亡注定没有终点。深夜独品的老酒，山顶独览的云海，日记本里褪色的信笺——这些专属一人的况味，恰似单株茶树的春芽，旁人再艳羡也难品其真韵。那位终身未嫁的图书馆员，将暗恋化作古籍上的批注，百年后仍有读者为她的注解落泪。

空虚恰似未上釉的陶坯，装进晨露便是朝霞的容器，盛满怨怼则成情绪的囚牢。清空与填空的循环中，重要的不是腾出多少空间，而是选择填入之物的成色。

人生这场修炼，终究要在取舍间完成自我的雕塑。当你在暮年回望，行囊里最闪光的，或许正是那些果断舍弃时的清醒，与温柔填满时的笃定。

感恩的回声

    感恩是人生快乐的起始点和加油站，这一生难得，这一世短暂，唯有获得真正的快乐，才能拥有幸福人生。当清晨的鸟鸣穿透窗棂，当冬日的朝霞轻抚眉梢，我们便已收到宇宙馈赠的入场券——能感知这些细微的美好，生命便不曾被命运克扣分毫。此刻阳光漫过书案，将笔尖镀成金色，幸福如同茶香在空气中悄然舒展。

    我要感恩那些因文字结缘的灵魂伙伴！是你们让我单薄的墨迹有了温度，使我独行的旅程缀满星光。那些深夜的留言如萤火照亮心路，陌生的共鸣似春风唤醒冻土。真正的感恩从不需要华丽辞藻，它生长在每次重读旧信时的会心一笑里，沉淀于岁月长河冲刷不去的记忆岩层中。你们的存在，让我的平凡人生有了玉的质地，在时光打磨中透出温润的光。

感恩从不是单向的朝圣，而是灵魂的共振。天地以四季轮转为信笺，父母用白发编织摇篮曲，师长将毕生学识化作引路的星斗。兄弟朋友是沿途的驿站，爱与被爱者如同交织的经纬。甚至那些伤害与误解，也在命运的织机上被纺成韧性的丝线——它们教会我以悲悯解读人性的褶皱，用坚韧对抗世事的棱角。正如古陶的裂纹成就独特纹样，生命的裂痕终将透出智慧的光芒。

今生与你擦肩的刹那，或许已酝酿了千年的因缘。那个地铁里为你让座的陌生人，那位在暴雨中共享伞檐的旅行者，他们的出现如同钥匙转动心锁，让爱的光芒涌入暗室。不必遗憾相逢短暂，无须执着相知深浅，花开的瞬间自有其圆满。若此生缘分未熟，便存一份念想静待来世——如同茶人珍藏一罐陈年好茶，相信它会在时光中酝酿出更醇厚的滋味。

世上万物皆值得感恩，呼吸间都是馈赠。我感恩坎坷如磨刀石砥砺心志，感恩顺境似甘泉滋养性灵。平凡最是难得，它让人免于大起大落的眩晕，得以在细水长流中品味生命的本真。那位在街角卖烤山芋的老翁，那位在病房值守的护士，他们的存在本身就诠释着：幸福不在聚光灯下，而在认真生活的每个瞬间。

不懂感恩者如同蒙眼的旅人，错失了沿途的繁花；以怨报德者则是自断根系的树木，终将枯萎。点亮他人的灯盏，自己的世界也会更加明亮——这道理敦煌画工最是清楚：当他们在洞窟中接力描绘飞天，前人的金粉未干，后人的朱砂已染，千年的光影在相互映照中愈发璀璨。若执意吹灭周遭灯火，独留的孤盏再亮，也不过照见满地荒凉。

当感恩成为呼吸般自然，每个清晨都会自动升起旭日。那些在战火中歌唱的诗人，在病榻上作画的艺者，他们早已参透：幸福不在别处，就在凝视朝阳时颤动的睫毛上，在搀扶跌倒孩子的手掌里。正如老茶客所说，最珍贵的不是稀世名茶，而是饮茶时全然投入的心境。

此刻，阳光正将我的问候编织成金色的丝线，穿过云层抵达你的窗前。愿你接收这份经过朝霞淬炼的祝福，愿你发现衣襟上沾着的桂花原是幸福的信使。当我们学会为依然能听见蝉鸣而庆幸，为仍旧能触摸春风而感恩，生命自会呈现出最本真的丰盛——那是在任何境遇下都能绽放的微笑，是穿透阴霾依然清澈的眼神。

感恩是人生快乐的起始点和加油站，让我们在破晓时收集露珠般的感动，在暮色里将温暖传递给守候的灯盏。当爱与善成为灵魂的底色，每个平凡的日子都将闪耀着神性的光芒。你看那枝头的玉兰，它从不追问为何绽放，只是将全部的美意酿成春光——这或许就是幸福最圆满的模样。

通往幸福的隐秘之路

有人建议我写一本关于幸福的书，我迟迟不敢动笔，怕做无用功。幸福这东西，大概一千个人就有一千个答案，幸福之书需要集体创作，是个体无法完成的任务。虽然也有人写过关于幸福的书，但这样的书不大可能是一本真正的幸福之书，充其量就是一本自说自话的休闲读本，难胜指导人类幸福的大任。其实世上最大的幸福，或许就是内心的单纯。如若一个人能够获得片刻的真正内心的单纯，那他就可能是幸福的人，不管何种际遇都难以夺走这种幸福。不幸的是，许多表面活得光鲜的人，因为与内心单纯无缘，他们一生一世都或许并不知道真正的幸福为何物。

什么是幸福？你懂事了，父母还在；你苍老了，儿女记挂。幸福不是可以刻意追来的，真正的幸福总是不期而遇。永葆内心的善良，无怨无悔地付出，百折不挠地坚持，都是幸福极为看重的品质。常常于一个不经意间，你就可能获得幸福的垂青。执子之手，与之偕老是一种幸福人生；天马行空，独往独来也是一种幸福人生。前一种幸福要缘分，后一种幸福需激情。早晨说，幸福各有滋味。譬如旭日虽只一轮，它的幸福来自光的普照，热的奔涌；朝霞何止万缕，它们的幸福来自多彩与灿烂的交织。热爱早晨的人们，生命中也许从不缺幸福。

拥有或许是一种快乐，占有难保不是一种烦恼；被拥有或许是一种幸福，被占有可能是一种痛苦。这种微妙的分野，在冬日晨雾中尤为清晰。有雾的冬天早晨，我就着馒头喝滚热的稀饭，朝阳由内而外升起，既明亮又温暖，既欢喜又欣悦，幸福的感觉莫过如此。原来，幸福如此简单，稀饭里也有阳光朝霞。我若快乐，别人便很难让我痛苦，幸福不幸福往往都是自己做主。就像那些捧着搪瓷碗蹲在门槛上吃饭的农人，他们的笑声震落瓦楞上的霜花——真正的幸福也许并不挑剔容器。

被人嫉妒也是一种幸福。你如果不比人家贤能，人家为什么要嫉妒你？你若比别人贤能，还会怕别人的嫉妒吗？与其被别人怜悯，不如被别人嫉妒。你要是总跟在人家的屁股后面，人家嫉妒你干什么？人家嫉妒你，可能是因为你已经在某些方面超越了人家。这让我想起山间的野百合，它们从不因无人欣赏而停止绽放，反倒因这份坦荡的孤傲，引得整个山谷的风都来嫉妒它的芬芳。

　　用晴朗干净的心情面对这个世界，你的眼里就少有阴毒龌龊的人和事，能够坚持不懈地这样做的人是幸福而安详的，因为极少被负能量熏习，他们很难忘记初心，永远保持赤子般的情怀。某个雪夜，见拾荒老人在路灯下擦拭捡到的水晶球，他布满裂口的手掌托着那个晶莹的世界，雪花落在他的棉帽上像撒落的星屑。那一刻我突然了悟：幸福也许不是环境的赠礼，而是心境的折射。

　　很单纯地活着也是一种幸福吧。人生的意义交给那些复杂的人去探求好了。那些在田埂上追逐红蜻蜓的孩子，那些在巷口晒着太阳打盹的老猫，他们的存在本身或许便是幸福的注脚。当我们在图书馆为幸福的定义翻阅典籍时，窗外的梧桐叶正悄然飘落，将最朴素的答案写在秋天的信笺上——幸福不过是听见自己的心跳，与万物同频。

生活的本来面目

　　生活是件简单的事，生活也是件复杂的事。我们都希望生活得简单却不孤单，复杂却不芜杂。但希望是一回事，现实又是一回事，生活中，往往是简单与孤单相伴，复杂和芜杂交织，令你在这个喧嚣骚动的人世间无所适从，彷徨无着。清晨醒来，摸一摸心口，要是梦想和快乐还在，你就是幸福的。梦想不一定都能成真，只要梦想不变成幻想，梦想的过程也是生命的价值之一；快乐不一定因为得到了什么，布施爱与上善也是一种快乐，人生路上有快乐相伴就不会痛苦寂寞。为梦想去努力，为快乐而前行，这样活着才有劲道。

　　生活就是不断地撒网，你不知道哪一网里有鱼。有些人一网下去，就有收获；有些人多次撒网，却两手空空。这凭的可能不全是运气，在有鱼的河中撒网，和在没有鱼的河中撒网，结果注定不同。你没有必要埋怨结果，应该在撒网前用心。生活就是这样，你用心她也用心，你随便她更随便。就像那些在清溪河边看月亮的人，有人看见的是盈亏圆缺，有人却读懂了阴晴圆缺里的永恒韵律——重要的不是网中收获几何，而是撒网时衣襟带起的风，是否吹动了生命湖面的涟漪。

生活难得如意，要如意就自己找去，心里觉得如意就如意了，如意不如意不是局外人说了算。譬如我，偶尔老婆会用中午的剩菜做一碗盖浇面，味道相当不错，我一阵山呼海啸，尚未尽兴，碗就见底了。晚餐后清溪河边吹吹晚风，看看月亮，挺享受的，这是我的如意。这种寻常日子里的暖意，恰似屋檐下的风铃，不需要奏响华丽乐章，只需在微风经过时轻轻摇晃，便是生活最美的伴奏。

一成不变的生活容易让人乏味，因此生活也需要调味品。为生活调味的佐料俯拾即是，所不同的是有的对健康有害，譬如赌博、色情、暴力等低俗的情趣；有的对身心有益，譬如读书、旅游等业余的爱好。我个人的体会，一个人看云卷云舒，三两友海阔天空茶叙，甚或早起观日、夤夜冥思都是给生活调味。那些被朝阳染红的云霞，那些在茶杯里沉浮的往事，那些深夜叩问星空的思绪，都在为素白的生活宣纸晕染色彩。

各种生活都值得尝试，别轻易宣示放弃你不曾经历的生活。

这一生我绝不会怎样，我永远不会做什么，诸如此类绝对的句式还是少用为佳。要不然你难保会自食其言，透支信誉；或者为践行诺言，将自己的路越逼越窄。有些时候，我们并不能左右自己，因此随缘才是最好的选择。缘是动态的，它又怎么能是固定不变的呢？就像山间的溪流，若执意保持某种形态，便永远无法领略大海的壮阔。

活着不难，活得真实不易。留不住的偏要留，追不到的还要追。想的是大开大合，做的却小里小气；梦想中气吞山河，现实里却畏畏缩缩。既要蓝天白云的悠闲，又按捺不住滔天的欲望；喜欢生命的纯粹，又迷恋红尘的诱惑。拎不起，也放不下，时光在摇摆中虚耗，人生在纠结中蹉跎。这种困境恰似站在晨雾弥漫的十字路口，每个方向都传来诱惑的低语，而真正的出路，往往在你看清内心褶皱的瞬间豁然开朗。

不妨让心定一定，到底选择哪一种生活，任凭心来决定。当渔人收起最后一网，当旅行者数完第一千颗星辰，当主妇擦净灶台最后一点油渍，你会发现生活的本来面目，既不在惊涛骇浪的传奇里，也不在精打细算的计较中，而是清晨推开窗时涌入的第一缕光——它平等地照亮书桌上的墨迹、厨房里的碗碟和阳台上晾晒的粗布衣裳。那些被我们称作"简单"或"复杂"的，不过是同一匹生活锦缎的正反两面，针脚里都藏着时光的温度。

有落点的梦想

　　吾生有涯梦无涯，有梦才是好时光。人生倘若没有梦，生活怎会有想法？如若生活没想法，长命百岁也枉然。梦想是空中的鸟，是山上的树，是海里的鱼，是人心里的念想。我们都是梦想中人，或者说，我们曾经都是梦想中人。没有梦想就没有成长，没有梦想就没有进步，没有梦想就没有未来。

　　其实梦想谁都有，关键是怎么梦。不能老让梦想飞在天上，必须落地才有价值，所有梦想在放飞前就要选好落点。找不到落点的梦想，到头来一定是空想。有些梦想像春雪下得再华美也经不起融化；有些梦想仿佛温水煮青蛙，何时被煮死都不知道。梦想不能离现实太远，哪怕单调些，能实现就好。要仰望星空但不能老看，看久脖子会酸；要低头看路也不能老看，看久眼珠会掉到脚尖上。梦想和现实须交替着来，天空和大地一个都不能少。凡事过犹不及，偏则有害。没有梦想的人生像春雪不来的春天总有缺失，注定不能实现的梦想则比春雪不来更无趣。

梦想激发人的潜能，只要还有梦想，人的潜能都在持续被发掘。梦想不一定是用来实现的，有时候梦想仅仅用来证明一个人的潜能到底有多大。许多人到一定年龄后，自以为人生大致定格，不再有梦想的冲动了，结果浪费余生的潜能。不信试试看，从当下开始梦想，你人生可能达到的高度，或许令你意外。做颗恒星让行星围着转，你完全有这梦想的权利，也有奋斗的理由。但你可能只有做石子的机会，即使石子依然有梦想的权利，可以默默铺路，也可以在水面击起涟漪。

热爱梦想但别脱离现实。将接近现实的梦想变成理想：春栽一棵树，夏得一片荫；今天播缕阳光，明天才能收获遍地的灿烂辉煌。生命的交集就在此刻——当飘在天上的星辰与踩在脚下的泥土，共同织就这张名为"可能"的网。没有现实支撑的梦想如同断线风筝，飞得越高跌得越重；缺乏梦想滋养的现实恰似干涸的河床，看似稳固实则荒芜。两者交融处，才是生命真正的沃土，既能承接雨露滋养根系，又可托举枝叶触摸云端。

人生如四季更迭，既需要春雪般轻盈的遐想，也离不开夏荫般实在的耕耘。那些在星空与大地之间往返的视线，最终编织出独属于每个人的生命图景。当我们学会在仰望与俯首间找到平衡，在追逐与停驻间把握节奏，那些曾被认为遥不可及的星光，终将化作脚下蜿蜒前行的轨迹。这才是梦想最动人的模样——既不被现实禁锢，也不为虚幻所惑，在天地交界的晨昏线上，绽放出永恒的光芒。

人生不是一场赛事

午饭后，坐在阳光底下瞌睡一下，能量充足之后，再去做下午该做的事情。我不是谁的领导，无须日理万机；我没有一夜暴富的念头，没有什么大生意要我左右思虑；我也没有一举成名的野心，没必要为博人眼球费尽心机。有饭吃，有事做，有太阳晒，还有那么一点做白日梦的闲暇，我就感觉非常满足非常幸福。你可以说我不思进取，我不在乎，因为我的进取方式你不懂——正如园中的蜗牛从不羡慕飞鸟，只因征程在珠露垂缀的叶脉间蜿蜒。

外在的成就若失去初心，终将成为负累。你钱财很多，就很满足很幸福吗？你不满足，因为钱再多你也感觉不够多；你也不幸福，因为你知道再多的钱也买不到健康和爱情。你名满天下，就很满足很幸福吗？你不满足，因为名头再响还是有不知道你的人；你也不幸福，因为担心过气你即使很累也要端着挺着。这些焦虑如同藤蔓缠绕的古树，看似巍峨，实则每一道年轮都刻满挣扎的裂痕。

我不羡慕你们，你说我吃不到葡萄说葡萄酸没关系，我不仅不羡慕而且同情你们。不管承认不承认，你这一生不过就在比赛，不在官场赛，就在名利场里赛，将生命都耗费在不同的赛事里。你没有工夫体会坐在阳光下做白日梦的快乐，你也没有时间享受人世间真正的爱情的甜美，你有的除了时间都去哪儿了的感叹伤怀，面对的就是权势和名利的一对破铜烂铁。就像那些追逐彩虹的人，永远在奔跑却触不到光，而停驻的人早已被七色光晕笼罩。

人生不是一场赛事，她原本是一次快乐自在的行旅。路上无穷的风景，你可以欣赏，却不必留恋，更不要通过你争我夺的比赛去占有。若真的拿下了哪一场赛事的冠军，你占有的那片风景便从此不再是风景。某个秋日午后，见孩子用树枝搅动溪水，他专注的模样让我恍然——真正地拥有从来不是标记领地，而是让涟漪在心头永恒地荡漾。

此刻阳光斜穿葡萄架，斑驳的光影在石阶上织就流动的毯子。那些在名利场中鏖战的人啊，可曾注意过藤蔓结出的果实？最饱满的葡萄永远垂向地面，而追逐高处阳光的枝叶，最终只在秋风里留下干枯的脉络。我的茶杯空了又续，蝉鸣响了又歇，时间的刻度在这里化作叶影的偏移，而非奖杯的累积。

当最后一片银杏飘落，那些在赛道上冲刺的人终于停下喘息。他们发现鞋底沾着的不是荣耀的金粉，而是被碾碎的花瓣。树下瞌睡刚醒的我，衣襟上却落满金色的阳光——这无须争夺的馈赠，原是生命最慷慨的奖赏。

顺逆境的姿态

　　遇逆境不气馁，在顺境中不忘本。逆境可以考验人的节操，顺境可以检验一个人的品格。人遇到逆境如果还能保持节操，转个身可能就是顺境；人在顺境中倘若失了品格，离逆境就不远了。身处欲望滔天的世界，很少有人做到真正的宁静与淡泊。因此，生活中时常有一些慌乱，有一些纠结，有一些旁逸斜出，有一些惆怅迷茫都是再正常不过的事情。找一种寄托，求一份心安，不让自己陷落深渊，一个人若还有这样的自觉，就很了不起。

　　不属于我的，分文不取；该是我得的，当仁不让。我既不世俗，也不高尚，但不能不知道进退得失。进要进得有分寸，退要退得有格调。若心性与成就不相匹配，即便有所得亦难长久；若内外相合，即便失去亦有所获。每个人都有自己做人处世的底线，我的底线是：对弱者不欺负，临强者不惧怕；待位卑者以平等，对位高者不恭维。失意时不自卑，得意时不自大。就像有人抱怨说：我这么努力，做得也比别人好，为什么总是得不到机缘垂青呢？其实，不少人都存在这样的困惑。为什么不努力的人比努力的人，做得不好的人比做得好的人，往往更能打动机缘呢？在行者看来，这并不难理解，促成机缘是综合因素，仅仅努力和做得好是不够的。不曾经历黑暗的人，不会真正懂得光明的可贵。不曾经历坎坷的人，走再平坦的路也会叫累。

处在顺境时，要有忧患意识；陷在逆境中，要存希望之心。人生少有直线，只有正视人生的曲折，才有可能曲径通幽。生命犹如探险，经得住迷途的恐惧，才受得了发现的惊喜。50岁之前的人生，是进取篇，谋篇布局难免不够精致，文字也可能有些潦草。50岁之后，是修订篇和加强篇，要字斟句酌，不必再那样匆忙。人生就是一篇文章，是不是力作，不仅要有一个像样的草稿，更要有一个扎实的定稿。即使是文章高手，也难免会有疏漏，花一点时间校读，交出的定稿才能少留败笔。此刻看园丁修剪花枝，忽然懂得那些被截断的枝丫，恰是生命走向精纯的见证。

人生有数不清的烦恼，只有少数人被烦死了，多数人依然热爱人生。这是为何？因为人生除了烦恼，还有快乐。如果人生没有烦恼，也就无所谓快乐了，快乐和烦恼，其实是一体两面。人天生有化烦恼为快乐的能力，只是有些人或没有发现，或不懂运用这个能力而已。如同暴雨过后的山谷，碎石与清泉共生，枯枝与新芽同眠，自然的辩证法总在提醒我们：所谓绝境，不过是视角未曾转换前的假象。

做一个自由舒展的人，不再蜷缩在红尘的某个角落，也不再被任何东西羁绊。许多看似难舍难分之事，实则与自我并无本质关联。

除了生计之事，其他的与你关系都不大，与其为之耗费时间，不如拿这些时间来快乐自己。将当下正过的日子当作最好的日子，烦恼便远离了你。某个清晨看见孩童追逐蒲公英，忽然明白那些随风四散的绒毛，才是生命最轻盈的智慧——它们从不执着于某片土壤，却能在天涯海角开出新的春天。

当暮色染透书房，重读自己半生写就的篇章，那些被红笔圈出的败笔，在时光滤镜下竟泛着琥珀的光泽。原来所有不够完美的段落，都是为结尾的豁然开朗埋下的伏笔。人生的姿态终究不在于规避多少错误，而在于跌倒时能否以优雅的弧度起身，如同被风吹弯的芦苇，总能在下一个瞬间弹奏出生命的清音。

没有人非见不可

或问：世上有非见不可的人吗？答曰：没有。你要见他，他不见你，哪怕他对你再重要，也就变得不重要，为什么还要见？他要见你，你不见他，哪怕你对他再重要，也就变得不重要，又为什么还要见？人与人相见需要缘分，有缘分自然会相见，没缘分即使对面而来，也会擦肩而过。没遇上是天的错，擦肩而过是自己的错。该遇上的迟早会遇，已擦肩而过的注定无缘。人生中最重要的不是寻找，而是不错过；生命中最美的不是相遇，而是相识和相知。

有缘的人赶不走，无缘的人留不住。随缘是对自己的放过，逆缘对他人是一种困扰。有人和你投缘，就一定有人与你无缘。有缘还是无缘，都要以一颗平常心处之，有缘则惜缘，无缘不攀缘，缘来不拒绝，缘去无挂碍。就像山间的晨雾与古寺的钟声，该相遇时自会交融成氤氲的诗意，若错过了便各自成章——古柏不会质问风为何不将梵音送至更远，溪流也不会怨恨落花随波逐流。

一个人与你有缘，迟早要相遇；一个人与你无缘，老死不相往来。缘分来了，不管是什么样的缘，你都要欢喜接受。是善缘就让善缘增加，是恶缘就设法化解恶缘。那些在茶馆里偶遇的陌生人，或许正因过往未尽的半盏茶缘；而某些朝夕相对的旧识，某日街头重逢却恍如陌路——命运的经纬里，所有的交点都标着生命轨迹的刻度。

不要试图讨好所有的人，在乎你的只有那一个或一群有缘人。有缘人从不用讨好。有些事急不来，有些人处不熟，这世上的人和事都离不开因缘。因缘不到，急也是白急；因缘具足，躲都躲不掉。曾在古镇遇见卖麦芽糖的老妪，她从不吆喝，只将琥珀色的糖浆拉成丝，甜香自会引来该来的人。那些匆匆掠过的游客，于她而言不过是风中的柳絮；而驻足买糖的孩童，眼里都藏着过往的糖纸。

不拒善缘，不去攀缘；若是有缘，迟早结缘；注定无缘，攀也无益。记住这几句话，按照这几句话去处世做人，你这一生就能不惶恐，得安详。这道理恰似荷塘中的浮萍——追逐流水终将支离，静守一隅反得圆满。某个雨夜，见檐下蜘蛛修补破网，它从容穿梭的身影令人茅塞顿开：强求的因缘如同蛛丝，越是刻意编织，越易被风雨摧折。

不攀缘，不拒缘，结善缘，化恶缘。这是一个缘的世界，谁又离得开缘呢？缘者，联系也，每个人都与自己所处的世界有着千丝万缕的联系。所以，有看得见的缘，也有看不见的缘，不管看得见还是看不见，是你的缘躲也躲不掉，不是你的缘盼也盼不来。缘来惜缘，善缘要广结，恶缘要化解，是缘，都不要轻言放弃。就像此刻掠过窗台的斑鸠，它振翅的刹那与我目光相接——这瞬间的交汇或许耗尽了三世缘分，而下一刻的分离，亦成全了另一段缘起的留白。

当暮色浸透城市的楼宇，地铁口的人群如潮水退去。那些与你擦肩的面孔，有的将成明日的挚友，有的已是今生的陌路。我们不必在交汇的刹那追问意义，只需记得：每粒星子都有既定的轨道，每段缘分都有命定的归途。所谓"非见不可"，不过是偏执念头投射的幻影；而真正的相遇，永远发生在心照不宣的朝霞里。

时光不是老去的理由

一位中年朋友说，她害怕过生日。其实她是害怕时光，害怕时光夺走她的容颜，害怕时光戳破她的梦想。有句话叫时光催人老，她一定是笃信了这句谎言，所以害怕，害怕在时光中老去。与其害怕在时光中老去，不如小心守护自己的心灵，让梦想、诗歌与爱情在心灵中找到永久的栖息地。生日是向生的纪念，不是向老的仪式，记不记得生日，过不过生日，是一件随缘的事情，更是人生中的一个个插曲而已，何必一定在乎？

实际上，时光不是一个人老去的理由，人的老去大多出于自己的原因。有些人，看似青春，其实已经苍老，心的引擎再也牵不动梦想、诗歌与爱情，原本应该烂漫的春花，却凋零成枯黄的落叶。有些人头顶寒霜，心却是一团火焰，爱情和梦想熊熊燃烧，生命的每一个音符依然蓬勃地跃动，似朝霞喷涌，若海浪滔滔。对这样的两种人而言，时光从来就没有发言权，能够拍板的唯有自己的心灵。区别在于，前者的心灵枯萎，后者的心灵茂盛。

心灵才是一个人老去的真正原因，不关时间的事情。将生日过成梦想、诗歌与爱情的盛宴，你就是想老又怎么老得了呢？请记住，时光永远夺不走一个人的梦想、诗歌与爱情，能夺走她们的唯有她们自己的心灵。跟时光较劲，虽青春已白发；能涵养心灵，虽皓首犹年少。当我们在烛光里计数光阴时，在镜中细数皱纹时，在午夜惊醒于岁月流逝时，生命的本质便逐渐显露。它不需要与时间赛跑的焦虑，不需要对镜自怜的哀叹，更不需要自我设限的桎梏。真正永恒的青春，始于对生命热忱的守护，成于心灵沃土的耕耘，归于精神世界的丰盈。

那些被岁月浸染的白发里，或许藏着未写完的诗行；眼角细密的纹路中，可能镌刻着未竟的梦想。有人将生日过成向死而生的倒计时，有人却将其视作向光而行的里程碑。当容颜成为阅历的徽章，当皱纹化作智慧的刻痕，当年岁变成故事的载体，时光便不再是令人畏惧的利刃，而是雕刻生命的刻刀。这或许就是最深刻的觉醒：在时光长河里，真正老去的从来不是肉体，而是停止生长的心灵；真正永恒的也从不是容颜，而是永不熄灭的灵魂之火。

生命的平衡术

　　人在获得一些东西的时候，一定要放弃一些东西。倘若只取不予，生命的空间势必被外物挤占，变得越来越狭窄，终有一天会窒息灵魂。给予实际上比获得更为重要，只有为灵魂腾出必要的地盘，生命才能得以自由呼吸。取舍之道，首在懂得生命的留白。这让我想起深秋的梧桐——当它慷慨地让最后一片黄叶飘落时，遒劲的枝干便在寒风中显露出雕塑般的力量。

　　春天来了，花儿要开；秋风起了，叶会凋零。斜阳之后就是夜晚，旭日升起云便灿烂。宇宙自有其亘古的韵律，不会因任何人的悲喜而改变轨迹。庄子笔下那棵"无用"的樗树，因不能成材躲过斧斤，百年后荫蔽了整个村庄——所谓无用，不过是换了一种方式与世界共生。与万物相处最智慧的方式莫过于随缘：该绽放时倾尽芳华，该飘零时从容谢幕。平衡的本质是与天地同频共振。正如老农深谙节令，不在寒冬强求麦苗抽穗，生命的平衡术首先在于接受不可更改的定数。与其与铁律较劲，不如在可自主的心田修篱种菊。

拥有的，当下珍惜；失去的，尽快忘记。美好的常常回味，不好的永远删除。珍惜如同给瓷器包上丝绒，能让易碎的美好历久弥新；忘记恰似为行囊减负，方能在新途上步履轻盈。那些反复咀嚼的甘甜会酿成岁月的蜜，果断删除的苦涩则腾出记忆的窖藏。取舍如茶，浓淡相宜方得真味。这种取舍之道，宛若茶师冲泡时的注水分寸——多一分则苦，少一分则寡。

成全他人，是对自己的善意；成全他人，也成就了自己的辽阔。太阳若吝啬光芒，大地便永无晨曦；溪流若抗拒汇入江海，终将成为死水一潭。管仲射向公子小白的箭镞，被鲍叔牙熔铸成荐贤的台阶——有些失去恰是更高明的获得。那些与无缘之人纠缠的偏执念头，就像试图在沙漠种植牡丹，耗尽心力却难逃枯萎。舍与得的辩证法，藏在万物共生的智慧里。真正的随缘不是消极妥协，而是如云朵般既保持形状，又随时准备化作甘霖。

和对的人相处，时光如白驹过隙；与不合之人共处，分秒似度日如年。与其在拧巴的关系中消磨，不如暂歇品茗，让对话随着茶烟自然舒展。靠近携带光热的人，阴霾会自行退散——他们的存在本身就像冬日的壁炉，让周遭空气都充满暖意。真正的从容，是在人与人之间画出恰当的圆。即便身处冰雪泥泞，怀揣阳光心态的人也能把跋涉踏成舞蹈，将寒霜凝作头冠的晶钻。

为人当有义气，却忌意气用事。义气是看见他人困境时伸出的手，意气则是蒙住双眼的布。修得仁善之心，非为博取美名，实为滋养性灵。终南山采药人总在崖边系绳结，后来者借力攀援时，绳上早已浸满前人的掌温。仁善是生命最本真的取舍标尺。这如同园丁培育玫瑰，最终满手留香的仍是自己。当善意成为本能，处处皆是可栖的桃源；当爱意充盈胸臆，时时都有照彻暗夜的光芒。

走的走了，该来的还是来了，世界原本就这样循环不息。浓烈到化不开的偏执念头，淡泊到无迹可求的洒脱，都是生命的可能形态。有人活成窖藏的老酒，有人活成山间的清泉，重要的不是何种浓度，而是能否与天地节律共鸣。平衡不是折中，而是与万物共舞的智慧。就像那棵樗树，看似失衡的生存智慧，实则是与光阴签下的永恒契约。真正的平衡从不在绝对的中庸，而在与万物共舞的智慧里。

那些深谙平衡之道的人，既能在丰收时留种，也懂得在荒年撒播希望。他们给予时如春雨润物无声，获得时若新竹破土般谦卑；珍惜眼前人如捧易碎的琉璃，告别过往事似拂去肩头落花。这般活着，呼吸间都是天地吐纳的韵律，每一步都踏着阴阳消长的鼓点——取予之间，方见灵魂的圆舞曲。原来生命的至高境界，不过是让灵魂在取予之间，找到属于自己的那支圆舞曲。

苦与乐的交响

　　快乐是偶然，吃苦是必然。行走于世，各有各的暗喜，各有各的惶惑，你不必羡慕或笑话别人，别人也不必笑话或羡慕你。苏轼被贬黄州时，在江边荒地垦出"东坡"，苦竹丛中酿出"二赋"——最涩的黄连根，也能被岁月熬成回甘的茶汤。不要说你吃了多少苦，而要说你在吃苦中吃出了多少快乐；不要说你多么多么成功，而要说你有多少多少失败的教训。这个世界是由偶然和必然组成的，快乐是偶然，吃苦是必然；失败是必然，成功是偶然。偶然之中有必然，必然之中有偶然，不怕说的人说偏了，就怕听的人听偏了。

　　你给人家一个面具，人家给你的也是。除非真朋友，相互永远无法洞悉彼此的内心；即使真朋友，各自的内心依然有隐秘的角落，这是个除了自己谁都看不见的盲区。王维在辋川别业种下银杏，只邀裴迪共赏落叶。千年后我们读"来日绮窗前"，仍能触摸到那份欲言又止的默契——真正的知心，是留白的艺术。所谓知心，乃是世上绝无仅有的奇迹。正如喜欢一个人，或许没有理由，但喜欢一个地方，则一定有原因。可能因为风物人情的吸引，可能因为某段不能忘怀的经历，你一下子喜欢上了这个地方，这种喜欢很感性，层次也很浅，或许并不能持久。恒久的喜欢，大多出于理性，一定有生命中的某种东西与之契合，日子愈长，血肉愈相连，这种喜欢叫文化，深入骨髓。

多想人家好处，少想人家坏处，你会越活越开阔。哈尼梯田的农人世代遵循"水养田，田养人"的法则，他们给邻家的田埂留足活水，自家的稻穗反而更沉——善意如同蜿蜒的水系，终将回灌自己的心田。你想着人家的好处，哪怕对方不如你想的那样好，这个人带给你的也是正能量；你老想人家坏处，哪怕对方并非你想象的那样坏，这个人带给你的也一定是负能量。这样的处世智慧，在乡村的阡陌间尤为清晰。走农家路，看农家景，访农家人，问农家事。带着自己的身心深入乡村，亲近泥土，和乡亲融为一体，你才能感受什么是真正的秋天。在这里，你懂得了阳光的明媚，理解了丰收的期待，认识了生命的真义——就像稻穗成熟时谦卑低垂的姿态，既是对土地的感恩，也是对风雨的释怀。

外面的阳光真好，不能错过；心中有春潮涌起，岂可独观！这样的周末没有什么事情比享受阳光、秋色更重要！带上你的相机，带上你的爱拍，带上你依然年轻的心，飞呀飞。玄奘西行时在沙漠遗落的水囊，被胡杨根系默默保存千年——有些等待看似徒劳，却在光阴里酿成琥珀。可曾注意那些被霜染红的枫叶，每片都在诉说关于坚持的故事？它们熬过春寒，挺过酷暑，最终在秋阳里绽放出最浓烈的色彩。生命的辩证法在此显现：最绚烂的绽放，往往诞生于最漫长的等待。

世上最难降服的不是敌人，不是对手，也不是大自然的万事万物，而是自己的内心。达摩面壁九年，石影竟印入岩壁——最高的修炼不是对抗妄念，而是让心成为容纳波涛的深潭。恶与善起源于一颗小小的心，心是顽劣的，没有立场的，一会爱得死去活来，一会又恨得咬牙切齿。苦与乐往往出自心的反复无常，心的朝秦暮楚。心不被降服，人便不能自主，时而正，时而邪，忽而好，忽而又坏。就像山间的溪流，若不约束自己的轨迹，终将迷失在乱石杂草之间。你要跟别人平起平坐，就不能躺着；你要超越别人，就要有登到山顶的本领。这攀登的过程，正是驯服内心的修炼——每一步都踩着往日的怯懦，每声喘息都在重塑灵魂的形状。

暮色中的老农仍在弯腰拾穗，他的草帽边缘泛着金光。那些被机器遗落的谷粒，在他布满老茧的掌心跳跃，仿佛苦乐交织的音符。陶渊明扔下五斗米时，衣襟里漏出的稗籽，在南山脚下长成了不问丰歉的野稻。我忽然懂得，真正的交响乐或许并不在辉煌的音乐厅里，而在这些细碎的日常中：弯腰的弧度是生命的五线谱，汗水的咸涩是永恒的低音部。当我们学会在必然的苦里品味偶然的甜，在注定的失中触摸意外的得，便成了自己命运的首席乐手。

优雅无价

　　金钱买不来优雅，贵族是文化基因造就的。含着金钥匙出生的人，不一定高贵，因为金钱买不来优雅。这般直指本质的论断，恰似照妖镜般映照出世相的虚妄。当世人争相用奢侈品装点门面时，真正的优雅者却在古籍的字里行间修炼心性，在茶道的起落沉浮中涵养气度。

　　生命的价值在于它的无价，灵魂的高贵在于从不向金钱低头。可以被估出身价的富翁算不上真富翁，真正的富翁身价无法估量。有价就意味着可以出卖，只有无价才有资格被顶礼膜拜。这种价值观如同古玉沁色，历经岁月沉淀愈发温润通透。

　　当钱可以随便买到"贵"，权可以轻易换到"贵"的时候，世道就坏了。我这样说，是为了给大家提供一个观察世相的角度。这让我想起屈原投江前悲吟的"举世皆浊我独清",当世俗的价值标尺开始扭曲,保持清醒认知便成了最珍贵的修炼。就像古琴的丝弦,宁可断裂也不肯违心降调。

我不比一只蚂蚁智慧,也不比一只蚂蚁高贵,所以我对一只蚂蚁都心生敬畏。想想你们对蚂蚁的态度,再想想你们对我的态度,我的心永远是坦然而安静的。当我懂得仰望一只蚂蚁的时候,我知道自己再也不会被任何东西打倒了,这是无法言喻的幸福。这般谦卑的智慧,恰似老农俯身观察秧苗生长,在微小中窥见宇宙的秩序。

衣衫可以褴褛,灵魂必须高贵。看似同流,决不合污。处世,身段可柔软,内心要刚正。我来到这世上,不是为了结仇,而是为了修缘,只要真心不变,其他的,怎么都可以。这种处世哲学让人想起江南园林的构造艺术,曲径通幽处自有风骨,粉墙黛瓦间暗藏气节。

活到老而优雅,不要活到老而飘零。不必跟岁月比拼,不必跟时光较劲,活出每一个当下的质量,生命就有了质地,人生就不缺质感。这让我想起故宫修复师的工作日常,他们不急不躁地修补着时间的裂纹,让古物在当代重焕生机——真正的优雅,正是这般与时光和解的从容。

晨光舒展,灵魂开放,生命里朝霞满天,旭日在爱和上善中冉冉升起。回到初心,回到童年,和诗歌一起成长。心灵的神驹奔驰在多维的纯真里，能量与天地相接，精神与山河同在。这般诗意的栖居状态，恰似王维"行到水穷处，坐看云起时"的意境，在物我两忘中抵达永恒的优雅。

金钱买不来优雅，但优雅的生活态度可以让我们的生命更有价值和意义。当我们触摸古籍善本的纸页，虽脆薄易碎，却承载着超越时空的精神重量——便会懂得真正的优雅，是镌刻在灵魂年轮上的印记，是沧浪之水也涤不去的生命底色。这种无价之美，不在锦衣玉食的堆砌，而在晨昏定省的修为；不在前呼后拥的排场，而在独对青灯时的从容。

活在当下

　　世间的炎凉，从不厚此薄彼，只是不同的人，有着不同的感受。一树的花，可以与你无关，为什么不可以是为你而开？花本无意，人却有情，是以有了分别。这般看似矛盾的观照，恰似清晨叶尖的露珠，既折射着世界的本相，又倒映着观者的心境。当我们凝视生活这面棱镜时，总会发现每个切面都闪耀着不同的光芒。

　　世界上的任何一个事物，难被一边倒地说好，也难被一边倒地说坏，除非哪一天，人类的脑子集体坏了。人们对事物的评价往往存在共识，多数人认可的价值自有其合理性。我们做人做事，首先要关照多数人的感觉，其次才是尊重少数人的意见，切忌左右摇摆。这种认知如同古刹檐角的风铃，既需要顺应时代的风向，又要保持独立的清音。

我庆幸自己这半生身在低处却没有沉沦。低处，对个人而言，或许是一种无奈，但它却是宇宙人生和社会世相的最佳观察点。在这个观察点上，可以看到最善美最丑恶的人性，可以看清五花八门的世相表演，可以洞若观火地读懂生命真相。对沉沦者来说，低就是低处；于自觉的观察者，低处胜于高处。这让我想起敦煌壁画里的飞天，越是俯身低飞，衣袂飘举的弧度越是优美，越是能触摸人间百态。

世界那么大，我们那么小。我们看见的永远是冰山一角，我们懂得的永远是一点皮毛。你跟我不是同一视角，我们看到的和懂得的就一定不一样；我和你哪怕就算是同一视角，倘若专注点不一样，我们看到的和懂得的还是完全不同。正因为如此，所有的外人都值得我学习，学习越多，我自身拓展的世界就越大。就像古人观星测海，虽不能穷尽宇宙奥秘，却在丈量天地的过程中不断扩展认知的边界。

吃得太饱，不知道饿的滋味；穿得太暖，不知道冷的滋味，反之亦然。人的使命不同，追求的滋味也不一样，各自享受自己喜欢的滋味就好。唯有思想者不同，他们不会刻意追求某一种滋味，也不一定要排斥哪一种滋味。贫富穷达对他们来说，都是有意思的滋味，每一种滋味里都暗藏着他们需要的发现。这恰似茶道中的"一期一会"，不执着于某种特定的茶香，却在百味交织中品出生命的真味。

生活就是一锅饭，有了砂子会硌牙。精米还是糙米都没关系，只要不将生活煮成一锅带砂子的饭就好。这般质朴的智慧，让人想起农人春种秋收的从容——不必强求粒粒晶莹，只需确保每颗米都饱含阳光雨露的馈赠。那些偶然硌牙的砂砾，何尝不是提醒我们细嚼慢咽的一种生活教诲？

万物本相自存：花可绚烂盛放，亦能坦然凋零；粪土虽显污浊，却成沃土之源。当观物之道如太极阴阳流转，便能在对立中见共生。施肥之秽与吐蕊之芳本无贵贱，唯在用得其道。偏执念头破除之时，方知生命维度原可如星轨交错般开阔——既容得下朝露的剔透，也纳得了暮霭的混沌，这才是天地间最本真的韵律。

这世上，总有一些人会被你没来由地记住，或许因为一种说不清的感觉，或许因为一次小小的感动；总有一些人会被你不由自主地想起，或是某个念头的触发，或是一种朦朦胧胧的情愫。人就是这么奇怪的动物，总有一些没来由，总有一些不由自主，细想想，这或许就是一个缘字吧，各种缘，无法尽说的缘。这般微妙的际遇，恰似古琴上的泛音，看似偶然的触碰，实则是琴弦与天地共鸣的必然。

你给我青春的能量，你给我生命的愉悦，你带给我晴朗的日子。你的每一次莅临，都是春天的盛宴，灵魂的补给，激情的燃烧。我知道，这是上善和爱的收获，这是累生累世的因缘，这是造物主的恩赐，我珍惜，我感恩。萌芽、发叶、开花、结果，一世缔结，永恒相伴，就这样。

事烂在肚子里，就化成了人生的养料。又是一个美好的早晨，朝晖洒满生命的阳台，秋鸟高唱岁月的欢歌，当下的愉悦，每一秒都是那样珍贵。当我们学会将生活的砂砾磨砺成珍珠，把岁月的褶皱抚平成智慧的年轮，便会懂得：真正地活在当下，不是消极地接受现实，也不是漠视未来，而是如父亲栽树——今日深耕土壤，明日自成荫凉。

世间的炎凉，从不厚此薄彼，我们应珍惜每一份缘分，感恩每一份恩赐。那些被晨露浸润的往昔，那些被夕阳镀金的此刻，那些被星光照亮的未来，都在提醒着我们：生命最美的姿态，是如月牙泉般，在沙漠的环抱中保持清澈；是如黄山迎客松般，在绝壁的险峻处伸展从容。当我们真正读懂"活在当下"的深意，便会在每个呼吸间看见永恒，在每粒尘埃中遇见星辰。

读后感

生活哲学的多元交响 |王海波

　　林清平的这本散文集《路过人间》分六辑七十余篇，以诗意的笔触勾勒出现实生活中的精神地图，窥见当代汉语写作中别出心裁的"隐喻现实主义"探索轨迹，在现代人精神困境与解脱之道的多元对话场域中，形成既各具特色又相互映照的生活哲学体系。

　　《年轮里的晨光密码》作家通过"年轮"这一核心意象，完成一场对机械时间的华丽叛逃，将时间重新锚定在万物生长的自然韵律之中。从"睫毛轻托微光"的微观特写，到"天地重刻年轮"的宏观视野，构建了一个全息的时间生态系统。这种虚实相生的叙事策略，使抽象的时间哲学获得了血肉丰满的载体。当少女镜头中的光影螺旋与古树年轮重合，当守林人接引山泉的竹筒里浮现出年轮的倒影，这些情节设计揭示了时间的治疗维度，年轮不仅是记录装置，更是修复现代人时间创伤的灵药。当晨光成为可破译的密码，当年轮转化为可聆听的回声，时间便从压迫性的力量变成了滋养生命的能量。

《路过人间》的篇章中没有愤世嫉俗的激烈，也没有逃避现实的超然，而是以平和的姿态坚持某种生活信念。《来过，又离开》以江南春雨为底色，织就了一幅关于记忆、亲情与生命哲思的锦绣。文字间流淌着一种独特的文风，既保留了传统散文的抒情肌理，又融入了现代意识的碎片化表达，凸显"诗化叙事"的可贵气质。作家善用意象的蒙太奇，将晨曦、鸟鸣、老屋、蛛丝等意象进行电影镜头般的切换。特别是"老屋檐下垂挂的蛛丝，在风里轻轻摇晃着旧日的光影"这样的描写，以微小之物承载宏大情感，体现了散文"以小见大"的传统美学。但作家又不囿于传统，在"钝刀切割肌肤"痛苦体验过程中完成现代性解构。通过"灶台烟痕""窗棂月光""石板包浆"物象的岁月沉积，搭建立体交错的框架，超越线性叙事的局限，获得时空纵深感。

作家将东方禅意与西方存在主义熔于一炉，拥有既超脱又入世的快乐观，《快乐的能力》中尤为精彩。作家将快乐定义为"能力"而非"状态"，这一界定具有革命性意义。作家用山泉与野花的意象，巧妙消解了快乐对外在条件的依赖性，呈现出斯多葛学派式的精神自足。这种对快乐本质的祛魅与重建，为现代人困于物欲的快乐追求提供了另一种可能。可以想象，"山间晨钟"与"分糖老者"的意象并构，揭示出快乐在传递中的增值效应，超越了狭隘的个人主义快乐观。"茶人智慧"的隐喻，则完美诠释了"既在世又出世"的生活艺术。作家对"即物即真"的阐释方式，使哲理说教获得了诗意的轻盈，为现代性病症的诊治提供了审美化解决方案，与海德格尔对"算计思维"的批判产生跨时空的呼应。

作家诗意的哲学表达，也会在创作迷途中寻找心灵导航。《向心灵问个路》以"抬脚犹豫"的生动意象，精准捕捉了现代人的存在性焦虑，将"茫然"的心理状态升华为具有普遍意义的人生境遇。向心灵问个路的倡导，不同于西方心理学的自我剖析，也迥异于成功学的功利指引，而是更接近禅宗"明心见性"的直觉智慧。文中"沙漠旅人辨认星辰"的比喻精妙至极，将心灵比作内在罗盘，暗示真正的方向感来自对自我本质的认知，而非对外在标准的盲从。作家将"怠惰天性"与"生存压力"这对矛盾统一为生命前进的动力，用"弓弦"意象完美诠释了适度压力的积极意义。"啄木鸟的叩问"反常规比喻，颠覆了传统将痛苦单纯视为负面体验的认知范畴。黄山迎客松的物象运用，将植物逆境生长的自然现象，转化为"痛楚的繁茂胜过安逸的凋零"的生命哲学，此为作家别具一格的自然观照力。"古茶树"的意韵回归到东方传统的共生智慧，暗示完整的人生不仅需要自我实现，更包含利他维度。这些将个人成长与社会价值相统一的观点，使作品超越了单纯的心灵鸡汤，升华为具有伦理高度的生命诗学。当迷茫成为现代人的精神常态时，这种既扎根现实又超越功利的心灵导航，或许正是我们最需要的生命罗盘。

《路过人间》每一篇都有读者心中有、笔下无的经典场景、叙述、思想。作家在自己的生活空间，不比不争，在反竞速时代书写他自己的人生感知。《人生不是一场赛事》以"阳光下的瞌睡"的反效率的意念，对当下存在的"速度崇拜"进行了温柔而有力的逆袭。"蜗牛不羡飞鸟"的隐喻，建立起一套迥异于主流价值观的生命评价体系。作家对官位、财富、名声这三种追求，不是简单否定，而是揭示其内在的逻辑悖论：它们都陷入永无止境的"比较级困境"。用"葡萄架下的光影"对抗"名利场的鏖战"，用"孩童搅动溪水"对照"赛事冠军的争夺"，采取对比式不是非此即彼的二元对立，而是通过生活诗意的自然流露，让功利的价值观相形见绌。"藤蔓缠绕的古树"表面光鲜与内在挣扎的辩证关系可视化，是存在层面的揭示，读者在共鸣中自然生发反思。作家笔下"茶杯空了又续，蝉鸣响了又歇"的循环时间，更接近自然的本真节奏，暗示着另一种可能的生活样态。那些"被碾碎的花瓣"与"衣襟上的阳光"形成鲜明对比，最终将"非竞争性存在"提升到生命至境的高度。提升不是通过说理，而是借助意象的重叠让读者自行领悟，体现出高超的文学表现力。我们可以选择不进入赛道，当大多数人困在"更快更高更强"的单一评价体系中时，对"慢"与"停"的价值重估，或许正是我们最需要的思想解毒剂。

生活哲学的多元交响不会也不应该达成最终的和解。正是各种声音的异质共存，保持了思想的活力与创造的可能性。在这个意义上，《路过人间》生逢其时，尊重差异对话，对"如何生活"这一永恒问题进行了回应，也是对人类复杂性的最好诠释。

作者简介 | 王海波，江苏如东人，中国作家协会会员，南通市作家协会副主席，如东县作家协会主席。先后在《莽原》《雨花》《文学报》等报刊发表小说、散文数百篇，出版散文集《你对我很重要》，小说集《一晃而过》，多次获各类奖项。

后 记

人间年轮　心灯长明 | 林清平

　　校对完《路过人间》最后一页时，齐山的暮色正漫过窗棂。远处长江的涛声里，童年茅草岗的记忆突然苏醒：灶台前蒸腾的山芋香，父亲修剪桦树枝的背影，乌桕树顶晃动的鹊巢。这些画面让我恍然明白了出版此书的缘由——它承载着我半生的跋涉轨迹与精神追寻。

　　生于长江边的文乡枞阳，长在圩区老洲的村庄茅草岗，童年烙印着饥饿与汛期的恐惧。为刨出漏挖的山芋，指甲曾渗着血珠；蜷缩在圣高的屋基上数星星，总觉人生困在圩田沟渠里。所幸同村两位老人为我推开文学的门扉：一位授我作文法度，一位赠我泛黄典籍。他们让我懂得文字能筑起比圩堤更坚固的屏障。

　　高考折戟，代课生涯难以为继，我如蒲公英一般飘过工地、地摊与街巷。漏雨的工棚、凌晨的菜市、亲人的质疑，这些褶皱般的岁月让我触摸到人间真实的温度。《父爱如林》里父亲滴落的汗珠，《吃出一种春暖》中窖藏的山芋香，《雨季的独白》沉淀的江滩少年的孤寂，这些文字都是从岁月淤泥里淘洗出来的金砂。

　　高中时斗胆将诗稿寄给诗人陈所巨，他回信批注："写下去，文字能渡人。"这句话成了我漂泊途中的浮木。年轻时写作，一心想用华丽辞藻征服世界。中年后醒悟：真诚才是最好的修辞。担任《池州日报》记者期间，守林人、摆渡者、修鞋匠的故事教会我：每个平凡生命都是独特的光源。有人问我为何总写细碎事物？我的答案是，一片柳叶、一块卵石、一碗玉米糊里，均藏着超越史诗的永恒。

　　在散文创作中，我尝试让石头讲述光阴寓言，使年轮的纹理成为解码时光的密钥。《光的七重奏》赋予光线哲思的重量，《你也是一片新绿》将柳芽抽绿化作生命隐喻。这些文字如圩田沟渠，看似散漫却织成灌溉心灵的水网。散文当如野草，既有泥土的拙朴，又有破土的锐气。

　　四十五岁时曾在清溪河畔彻夜静坐，终于领悟人生是与自我和解的过程：与童年饥饿和解，与青年漂泊和解，与中年遗憾和解。书中记录的草木枯荣、乡土温度、众生百态，都在诉说生命的真谛——将破碎日子织成锦缎。那些被修剪的枝丫，那些岁月磨旧的承诺，都是时间里蓄积的光亮。

选择合肥工业大学出版社，源于对知识殿堂的向往和对编辑疏利民先生的信任。未能考上大学始终是心底的缺憾，这些年每到一个城市我必访高校图书馆，在书页翻动声中寻求慰藉。同饮江水的同乡疏利民深谙我笔下的圩田潮湿、茅草坚韧和长江水的苍茫，他为封面设计推敲多稿，为标点留白反复斟酌，这份匠心胜过故乡老油坊传承的真功夫。

《路过人间》如同我酿了半生的酒，或许有人品出乡愁，有人尝到深意，有人照见自己的倒影。于我，它更似故乡的乌桕树——根系深扎故土，枝丫伸向苍穹。此刻依稀望见童年的自己倚在老宅门边，仰望鹊巢，手里攥紧写满诗行的稿纸。年过花甲的我想对那个孩子说："你点亮的心灯，终成温暖人间的一束光。"

2025年春于池州清平小舍